Genel

TÜRK EDEBİYATI

ŞEMSETTİN SAMİ
TAAŞŞUK-I TALAT VE FİTNAT
-TALAT VE FİTNAT'IN AŞKI-

UYARLAMAYA KAYNAK ALINAN ÖZGÜN ESER
EL-CEVAİB MATBAASI, İSTANBUL
1289 [1873]

Sertifika No: 40077

EDİTÖR
HACER ER

GÖRSEL YÖNETMEN
BİROL BAYRAM

GRAFİK TASARIM UYGULAMA
TÜRKİYE İŞ BANKASI KÜLTÜR YAYINLARI

I. BASIM: EKİM 2018, İSTANBUL
VI. BASIM: ŞUBAT 2020, İSTANBUL

ISBN 978-605-295-623-6

BASKI
UMUT KAĞITÇILIK SANAYİ VE TİCARET LTD. ŞTİ.
KERESTECİLER SİTESİ FATİH CADDESİ YÜKSEK SOKAK NO: 11/1 MERTER
GÜNGÖREN İSTANBUL
Tel: (0212) 637 04 11 Faks: (0212) 637 37 03
Sertifika No: 45162

TÜRKİYE İŞ BANKASI KÜLTÜR YAYINLARI
İSTİKLAL CADDESİ, MEŞELİK SOKAK NO: 2/4 BEYOĞLU 34433 İSTANBUL
Tel. (0212) 252 39 91
Faks (0212) 252 39 95
www.iskultur.com.tr

GÜNÜMÜZ TÜRKÇESİNE UYARLAYAN: ÖMER ASLAN

1976 yılında Oltu'da doğdu. Lise yıllarında klasik ve modern Arapça kurslarına katıldı. Lisans eğitimini İstanbul Üniversitesi Fars Dili ve Edebiyatı Bölümü'nde tamamladı. Üniversite yıllarında ve mezun olduktan sonra İstanbul'da çeşitli yayınevi ve kitabevlerinde çalıştı. Halen Türkiye Yazma Eserler Kurumu Başkanlığı'nda çalışmaktadır.

TÜRK EDEBİYATI KLASİKLERİ - 9

Roman

taaşşuk-ı talat ve fitnat

-talat ve fitnat'ın aşkı-

ŞEMSETTİN SAMİ

Günümüz Türkçesine Uyarlayan: Ömer Aslan

TÜRKİYE İŞ BANKASI
Kültür Yayınları

Sunuş

Taaşşuk-ı Talat ve Fitnat'ı günümüz Türkçesiyle yayıma hazırlarken bir yandan okurun rahatça anlayabileceği bir dil tutturmaya, diğer yandan da döneme özgü kültürel unsurların, deyim ve atasözlerinin korunmasına gayret edildi. Metnin dili dönemine kıyasla sade ve anlaşılır olduğundan eseri aslına en yakın şekilde okura sunmaya çalıştık. Bununla birlikte o dönem kullanılan alaturka saat sistemi, anlama kolaylığı açısından günümüz saat sistemine yaklaşık olarak dönüştürüldü; noktalama işaretlerinde de aynı yol izlendi.

Taaşşuk-ı Talat ve Fitnat edebiyatımızın ilk romanı olarak bilinir. Fakat bu unvan hem yapılan yeni çalışmalarla hem genel kabul gören bazı hükümlerin değişmesiyle yeniden tartışmaya açılmıştır. Ermeni harfleriyle Türkçe kaleme alınan Vartan Paşa'nın *Akabi Hikâyesi* (1851), Misailidis'in Karamanlıca (Yunan alfabesiyle Türkçe) yazdığı *Temaşa-i Dünya ve Cefakâr u Cefakeş*'i (1871-72), Engin Kılıç'ın eski yazıdan aktarıp sadeleştirmesiyle gün yüzüne çıkan Recaizade Mehmet Celâl'in *Hayal-i Celâl*'i (1873-74) gibi ve belki henüz bilinmeyen başka eserler...

Taaşşuk-ı Talat ve Fitnat'ın yayımlanma tarihi hakkında birkaç noktaya değinmek yararlı olacaktır: Eserin tefrika edildiğine dair herhangi bir kaynağa ulaşılamadı. Cüzler (fasiküller) halinde basılarak satışa sunulduğunu *Hadika* gazetesindeki ilanlardan anlıyoruz. İlk cüzünün basıldığını haber veren ilan, gazetenin 14 Kasım 1872 tarihli sayısında; dokuzuncu cüzünün –yani son cüzün– ilanı ise 4 Haziran 1873 tarihli sayısında duyurulmuştur. Dolayısıyla eserin ilk cüzü 1872 tarihinde basılmakla beraber, tamamlanmış olarak ilk baskısı 1873 tarihini işaret etmektedir. Elinizdeki yayın 1873 [1289] tarihli, kitap halinde yayımlandığı ilk baskı esas alınarak hazırlanmıştır.

Bu çalışmada, yazarımız Şemsettin Sami'nin *Kamus-ı Türkî* sözlüğünden, Ferit Devellioğlu'nun *Osmanlıca-Türkçe Ansiklopedik Lûgat*'ından, *Kubbealtı Lugatı*'ndan (*lugatim.com*) ve Atatürk Kitaplığı ile Milli Kütüphane arşivinden faydalanıldı.

Ömer Aslan

Giriş

Aksaray'da ufacık bir evde, tantanalı değil lakin pek temiz döşenmiş bir odada, yüzünde bir güzellik ve onun kalıntıları görülen elli elli beş yaşlarında bir kadın mindere oturmuş, bir şey dikiyordu. Gözü dikişte, eli iğnede fakat aklı başka yerde, bir şey düşünüyor ve düşündükçe hüzünlenip kederleniyor gibi görünüyordu.

Biçare ihtiyarlar!.. Geçmiş şeyleri hatırlarına getirdikçe hüzünlenirler. Çünkü ömürlerinde geçirdikleri sevinçli günleri andıklarında o günlerin bir daha geri gelmeyeceğine üzülürler. Çektikleri acıları hatırladıklarındaysa gönül yaraları tazelenir.

Bu kadının karşısında gecelik elbiseleriyle on sekiz on dokuz yaşlarında, yüzünde hâlâ tüy tüs bitmemiş, gayet güzel bir delikanlı oturmuş, başını eline dayamış ve yastığın üzerine bir kitap açmıştı. Fakat gözlerini kitaba değil, karşısındaki duvara dikip derin derin düşüncelere dalmış ve hayran hayran bakakalmıştı. Minderin karşısında bir sandalyede kaç yaşında olduğunu seçemediğim lakin yaşlıca görünen bir Arap kadın oturmuş, yüzünü ellerine, dirseklerini de dizlerine dayamış, büyük bir hayret ve şaşkınlıkla gözlerini kadından oğlana, oğlandan kadına gezdiriyordu. Kadın, Arap'ın bu şekilde bakışını yan gözle gördüğü gibi başını kaldırıp Arap'ın yüzüne bakar. Arap da renk vermemek için gözlerini kapıya doğru çevirip tavana doğru kaldırmaya, velhasıl kadının ve oğlanın yüzüne bakmamaya mecbur kalır. Bu esnada kadın, yüzünü gence çevirip öyle dalmış olduğunu görünce:

— Oğlum Talat, ne oldu sana bugün? Her zaman yaptığın gibi okuduğun şeylerden bize de bir şeyler anlatsana! Baksana, dadı onun için bekliyor. Hem dadı çok heveslendi o hikâyenin sonunu dinlemeye. İşte bir saattir bir sana bakıyor başlayasın diye, bir bana bakıyor söyleyeyim diye. Kendisi söylemeye utanıyor, dedi.

Dadı sandalyede hareket ederek:

— Ha, ha! Buyukhanım eyi soyler. Ben şok ister o hıkaye dinlamak. Şok güzel hıkaye. Ama bakar ki hanım dikmaya dalmış, bey duşunmaya varmış, ben de susar durur. Kuşluk işun hazır yemak var. Ahşama yabacak ama vakıt var bende... diyerek sözü uzatır.

Talat Bey, Arap'ın manasız sözlerini dinlemeyip:

— Ah anneciğim! Bilmem ne oldum, bugün keyfim yok, dedi.

— Allah'a emanet oğlum, ne'n var?

— Bir baş ağrısı, bir sersemlik, bir...

— Vah vah!.. Oğlum hastalık şakaya gelmez, kendini bir hekime göstermelisin.

— Aman buyukhanım, bu hekımlar!.. Baş ağrısı hekım eyi yabmaz. Okutmalı haa. Baş eyi olmak isterse, baş ağrısı gaşmak[1] ister. Okutmalı. Hani ya hanım, gaşan sene bana nasıl sıtma galdi! Uş, ay sıtma! Hekım galur gıder, hab verir. Hem ne hab! Zehir! Şok defa boğazıma kaldı. İlahi ya rabbi! Ne şakdi ben o hab ile. Hab adamı eyi eder mi? Hab sıtmaya ne yabar? Sonra Allah razı olsun bizim abla galdi. Beni gordu, tanımadı. O gadar ben zayıf oldu. Benim boyun ib gıbı oldu. Abla aldı habı, attı pencereden. Beni aldı Kocamustafapaşa'ya goturdu. Orada bir herif var. Ama onun nefesi menşur[2] heb İstanbul ona gidar. Ama sıtma, yalnız sıtma eyi eder o. Baş ağrısına, başka şeya garışmaz.

---

1 Kaçmak, gitmek.

2 Meşhur.

Beni okudu, bağladı.[1] İşte bağ hâlâ kolumda duruyor. Hiş o vakitten beru ben sıtma gormedı.

— Aa, dadı! O şeylere sen ben inanırız, şimdiki gençler inanmaz. Boşuna yorulma.

— Aa, ona kım inanmaz! O her kımı okuduysa eyi etti. O kıtapla, hep kıtapla... Kıtaptan okumuş ama nefesi de var haa! Herkes okur ama nefes başka şey.

Dadı nefese dair ne kadar söylese doymaz. Lakin ko söylesin. Saliha Hanım bu tarz inançlara çok düşkün olmadığından Arap'a yukarıdaki cevabı verdikten sonra o da Talat Bey de dadının laklakasına kulak asmayıp birbirleriyle söyleşmeye başladılar.

— Bugün kaleme[2] gitme oğlum. Ayşe Kadın'ı eczaneye gönderelim, bir hekim bulup getirsin.

— Aman anneciğim, çok önemsediniz, bir şeyim yok. Kaleme gittiğim gibi açılırım. Ne hekime gerek kalır ne bir şeye.

Talat Bey kalkıp giyinmeye gider, giyinirken yüz bin hayal zihninden gelir geçer.

Hasbihal

Ayşe Kadın, Talat Bey'in gitmesiyle beraber Saliha Hanım'a yaklaşıp:

— İşte hanım, ben sana her gun soyler. Maşallah, Allah'a emanet, şocuğun yirmi yaşına vardı. Şimdi evlendirmeli. Eve galin gaturmali. Allah saklaya, şocuğu aldadub da bir yere işgüvesi alurlarsa biz ne yabar? Bir evde iki ihtiyar kadın... Galin evin şenlıgıdır. Bu şocuğu evlendirelim, dedi.

— Yok yok dadı, korkma. Benim Talat'ı görmez misin ne kadar usludur, beni ne kadar sever. Hiç o beni bırakıp

---

1 Eskiden halk arasında yaygın olan, çeşitli ayetler veya dualar okuyarak ipe düğümler atılması ve bu düğümlü ipin eklemlere veya bileğe bağlanması inancı.

2 Resmi kuruluşlarda yazı işlerinin görüldüğü yer, büro.

içgüveysi olur mu? Sen onu hiç merak etme, o benim bileceğim şeydir. Talat daha çocuk, o yaşta çocuğu evlendirmek hatadır.

— Ah hanım, bu İstanbul fena. Kızlar, hanımlar incecik birer yaşmakla[1] çıkar, gazer. Guzel şocuk gorur, ahbaplık eder. Şocuk da ne kadar olsa şocuk, aldanur da ben korkar hanım. Ben şok korkar. Bugun Talat Bey şok düşünür. Hasta degil ha! Ben sana soyler, hasta degil. Ama başta sevda var. İşte ben bunu hanıma soyler. Yine sen bilir. Ben boyle anlar.

— Aa, dadı! Sen de söylediğini bilmezsin. Gaipten haber vermek istiyorsun. Oğlum öyle şeylere aldanmaz. Yok yok, Talat'ım usludur. Ah, çok hoşnudum oğlumdan, Allah bağışlasın, zamane gençleri gibi değil. Ah, rahmetli babası can çekişirken Talat'ı iki gözünden öpüp bana "İşte bu çocuğu beraber yetiştirecektik. Lakin ne çare! Bana kader müsaade etmedi. Bunun eğitimi sana kaldı, ihmal etme!" diyerek bir eli çocuğun yüzünde, diğer eli benim elimde olduğu halde canını teslim etti. Talatçığım o zaman altı yaşındaydı. Biçare babası ne kadar severdi. Zavallı hasret gitti. Daima Cenabıhakk'a, "Bu çocuğu yetiştirip okutmak için hiç olmazsa çocuk yirmi yaşına varıncaya dek bana ömür ihsan eyle" diye dua ederdi. Ne çare ki kaderi böyleymiş. Nur içinde yatsın! Bin kere hamdolsun ki Talatçığım babasının istediği şekilde terbiye gördü. Ah dadı! Allah'a şükredelim, böyle çocuk İstanbul'da nadir bulunur yahut hiç bulunmaz. Sorsana bir kere komşuların çocukları böyle mi? Her gece evlerine gelirler mi?

— Allah'a emanet, Allah bağışlasın! Ben onu demez. Ama bizim mamlakatta şocuk on beş on altı yaşında evlenur, heb boyle. Bu İstanbul'da otuz yaşında, kırk yaşında evlenur. Talat Bey şimdi kaş yaşındadır?

— İşte şimdi nisan çıksın, mayısın beşinde on dokuzuna basacak.

---

1 Kadınların feraceyle birlikte kullandıkları, yalnızca gözleri açıkta bırakan yüz örtüsü.

— Maşallah! Vaktı gaşmiş. Bizim mamlakatta olaydı dort sene evvel evlenur. Ah hanım, nasıl gaşıyor zaman! Nasıl gaşıyor zaman! Su gıbı gaşıyor zaman! Ben galdi, iki sene gaşdı Talat Bey doğdu.

— Demek oluyor ki sen geldikten sekiz sene sonra da ben dul kaldım.

— Yaa!

— Talat'ın babasını iyi bilirsin öyleyse.

— Nasıl bilmez! Rahmet canına. Şok eyi adamdı. Ah, melek gıbı adam! Hişbir vakıt bana bir fena soz soylemedi. Kaş sene oldu şimdi hanım ben galdi?

— İşte yirmi bir sene oluyor.

— Yirmi bir sene! Ah yarabbi! İhtiyar oldu gıttı.

— Kaç yaşında varsın acaba dadı?

— Ne bilur ben hanım. Ben ufak kız idi. Mamlakatta ana var, baba var, karındaş, buyuk kız karındaş... Ev dolu benim. Bir gun ben başka kızlar beraber gezmeye şıktı. Kasabadan uzak, uş saat, dort saat uzak. Orada uş adam galdi. Ejderha gıbı at binmiş, uzun sungu elde. Bizi aldı, ama aldattı bizi, "Anaya gıder, babaya gıder" dedi. On gun, on beş gun gıttık, Mısır'a galdık. Ah Mısır! Buyuk kasaba, guzel. Başka kız Mısır'da sattı. Beni aldı gamiye kodu, Tunus'a goturdu. Tunus da guzel kasaba. Ah, Tunus'ta beni sattı. Bir efendi aldı, buyuk efendi, buyuk saray var. İki yuz halayık[1] Arap, beyaz, uşak... Kul şok. Atlar ne kadar... ne kadar... Kırk sofra, elli sofra kurulu her gun. Orada yirmi sene oturdu ben. Sonra azad oldu, buraya galdı. Şimdi kaş sene oldu hanım aman?

— Peki, yirmi sene Tunus'ta oturdun, yirmi bir sene de burada, oldu kırk bir. Seni esir tuttuklarında kaç yaşındaydın?

— Ah hanım, ben ne bilecak? Ben kız idi, ufacık bir kız. Ben mamlakatı az hatırlar. Ama baba, ana beni şok sever o vakıt. Bana gerdanlık yabmış, küpe yabmış, bilezik yabmış.

---

1 Kadın köle, cariye.

Heb gumuş, beyaz... Şok zengın var bizim mamlakatta. Şok mal, deve, koyun... Ne kadar... ne kadar... Ama bu koyun gıbı değil, buyuk koyun bizde. Dört okka[1] beş okka süt bir koyun.

— Demek oluyor ki tahminen on on bir yaşında olacaksın.

— Ha ha, öyle! On, dokuz, on bir, ne bilur?

— Bu durumda elli elli iki yaşında olacaksın dadı. Lakin göstermiyorsun. Genç gibi görünüyorsun. Maşallah kuvvetin de var.

— Şukur, şukur! Ama ihtiyar ben şimdi hanım. Elli yaşında! Ah ne yabalım, Allah iman bagışlasun, mezara imanla gıtsın yarabbi! Ah bu dünya ruya gıbı gaşiyor. Ahiret baki. Biz dünyaya dalar, Nekir Münker'i[2] unutur. Ah, ah yarabbi! Ne cevap verecak biz sana!

Dadı, şimdiye kadar yaşını hiç hesaplamadığı için kendini genç biliyorken, elli elli beş yaşlarında olduğunu anlayınca kederlenip kendi kendine "Elli sene!.. Ah, elli sene! Ne vakit gaştı!" diyerek içini çekmeye ve dualar okumaya, hanım da yeniden dikişe başladı. Talat Bey kapıdan girip:

— Ben gidiyorum anne, diyerek annesinin elini öptü.

— Nasılsın oğlum? Baş ağrısı hafiflemiştir inşallah.

— Demin gibi değil.

— Oh, hamdolsun!

Evlilik Meselesi

Talat Bey çıkıp gittiği gibi dadı elli yaşını, mezarını, Nekir'i, hepsini unutup şöyle söze başladı:

— Gal hanım, bana bir kare gonul yab. Şu şocugu evlendirelim. Bir galin eve gaturalım. Ah ganç adam başka. Talat Bey burada ev guler, Talat Bey gıdar ev cehennem olur. Sen

---

1 1,283 gramlık eski bir ağırlık ölçüsü birimi.

2 İslam dininde insanları öldükten sonra sorguya çekeceğine inanılan meleklerin adları.

ihtiyar, ben ihtiyar. İhtiyar gulmez ki! Ah, ihtiyar ne gulsun! Bugun burada, yarın mezarda. Ah, ben de ihtiyar! Elli yaşında insan ihtiyar değil mi? Onun işun ben gorur başımda beyaz saş şok. Aa, bugun baş taradım, şok beyaz saş duştu!

— Ay ne yapalım dadı! Gelinler çarşıda satılmaz ki çıkıp bir gelin satın alalım. Her şeyin vakti, saati var.

— Aa!.. Nişun? Hep âlem nasıl yabar, biz de oyle yabar. Sen feraceyi[1] al, ben de başortusu alur, bugun bir mahalle yarın bir mahalle gazer, gorur, kız bağandi alur.

— Aa, dadı! Şimdi beni kızdırıyorsun. Yirmi bir senedir beraber yaşıyoruz, tabiatımı anlamadın mı? Hiçbir defa sormadın, merhum kocam beni öyle mi almış? Ben bir kızı bir kere görmekle nasıl tanıyacağım? Yüzünü bile anlayamam. Sonra gelin yalnızca güzel mi olmalı? Ben bir kızı akıllı olmadıkça, iffetli olmadıkça, tabiatı iyi olmadıkça hiç kendime gelin yapar mıyım? Sonra benim beğendiğimi, senin beğendiğini oğlum beğenir mi bakalım? Cümle âlem nasıl yapıyorsa biz de öyle yapalım diyorsun. Lakin görmez misin, el âlemin çoğu bugün evlenir yarın kocası karısını yahut karısı kocasını bırakır. Bin türlü rezalet olur. Olacak tabi! Görmeden, bilmeden bir kız alırlar, hiç sormadan bilmediği bir kocaya verirler. Acaba çocuk o kızla anlaşabilecek mi? Beğenecek mi? Sevecek mi? Kız da onu isteyecek mi? Babaları, anaları işin burasını hiç düşünmüyorlar.

— Kız ne bilur, şocuk ne bilur! Onlar cahil. Baba ana onlara nasıl emreder, onlar oyle yabar.

— A, yok dadı, öyle değil! Ana baba evlatlarının iyiliğini ister değil mi?

— Ha, oyle ya! Ana var ki kendi evladına fenalık ister? Allah esirga![2]

— Haa, öyle olduğu zaman da ana baba evlatları nasıl iyi olacaksa öyle yapmalıdırlar. Koca karısıyla, karı kocasıyla ömür geçirecekler, ev idare edecekler, evlatları olacak,

---

1 Ferace, eskiden kadınların dışarı çıkarken giydikleri, pelerine benzer, geniş yakalı elbise.

2 Esirgeye.

büyütecekler, yetiştirecekler. Birbirlerini sevmezlerse, anlaşamazlarsa nasıl olur? Bu bir gün değil, iki gün değil, bir ömürdür. Bir evde karı koca arasında muhabbet yoksa o eve Allah yardım etsin! Sonra evlatları nasıl yetişecek, orasını düşünmeli artık. Hele hamdolsun, yüz bin kere hamdolsun o âna. Ah, ben de senin dediğin gibi evlenecektim dadı. Ah!.. İşte on üç sene var ki merhum kocamı kaybettim. O vakit ben kırk yaşında bir kadındım. Lakin bin kere şükür! Yirmi üç yirmi dört sene beraber yaşadık. Ah o ne yaşayış, o ne yaşayış! Sen gördün ya... Bir kere o benim gönlümü kırmadı, bir kere ben onun hatırını bozmadım. Bizim eğlencemiz evdi. Ne onun Kalpakçılar'da[1] gezmeye, ne de benim Kâğıthane'ye[2] gitmeye hevesim vardı. Biz birbirimizle konuşmakla eğlenirdik. Biz kendi sohbetimizden hoşlanırdık. Hele Talat dünyaya geldikten sonra... Ah, o ne saadet! O ne mutlulukmuş! Çocuk ne kadar sevilirmiş! Ama her çocuk öyle değil. Her ana baba çocuğunu öyle sevmez. Birbirini sevmeyen karı koca çocuklarını mı sevecek?.. Talat iki yaşına geldi, başka bir seviş, başka bir eğlence! Beş yaşına vardı, bir başka muhabbet!.. Lakin ah, kader istemedi. Kısmet değilmiş. Ah, ne olurdu kocam bir on on beş senecik daha yaşasaydı. O vakit kucağında oynattığı Talatçığının bugün okuyup yazdığını, mektebe, kaleme gittiğini, böyle babayiğit olduğunu göreydi, o da memnun olaydı!..

Saliha Hanım bu noktaya geldiğinde gözleri yaşla dolar, dudakları titremeye başlar, boğazı tıkanır. Mendilini çıkarıp gözlerini siler. Biraz sonra gözlerini silerek, sesi titreyerek:

— Ah Talatçığım!.. Bugün hasta hasta kaleme gitti. Ah oğlum, ah! Ya çocuğuma bir şey olursa, ya hasta düşerse... Ah biçare ben! Allah esirgeye!

---

1 İstanbul Kapalıçarşı içinde, Beyazıt Camii ile Nuruosmaniye Camii arasındaki cadde.

2 Osmanlı dönemi İstanbul'unda eğlenilen ve gezinti yapılan semtlerden biri. Kâğıthane Mesiresi çok tercih edilen, özellikle ilkbahar mevsiminde gidilen yerlerdendi. Halkın çok sevdiği bir mesire olmanın yanı sıra resmi ziyafetler, toplantılar ve düğünler de düzenlenirdi.

— Aaa! Hanım, nişun oyle soyler? Sen şocuk gıbı oldu. Allah'a emanet, şocuğun bir şeyi yok. Biraz baş ağrısı... Baş ağrısı da değil ya, gançlık! İşte gançlık hükmünü yabacak. Ah hanım heb ben sebeb oldu, seni ağlattı. Ama hanım ben şok merak etti... Sen heb halk gıbı evlenmedi, nasıl evlendi? Başka evlenmek nasıl? Ben anlamaz.

Saliha Hanım'ın Hikâyesi: Çocukların Aşkı

Aşağıda anlatılacak hikâyeden de anlaşılacağı üzere, aşk ve muhabbet güneşinin henüz buluğa ermemiş çocukların kalplerine de doğabildiği okuyucuları şaşırtmasın. Çünkü aşk öyle tabii bir şeydir ki insanoğlunun her kesiminde yani erkeğinde dişisinde, küçüğünde büyüğünde, çocuğunda yetişkininde, gencinde ihtiyarında, fakirinde zengininde, akıllısında ahmağında, âliminde cahilinde, medenisinde bedevisinde ortaya çıkar. Herkesin gönlü aşkla yoğrulmuştur. Beşikteki çocukların gönülleri bile aşktan çok uzak değildir. Hele gencecik çocukların gönlünde çok kere aşk ve muhabbet galeyan eder. Onlar da severler, sevilirler. Gönüllerinde bir duygu hissederler. Lakin biçareler o muhabbetin neden geldiğini, bir güzellik ve onun gereği olduğunu anlayamazlar. Aşkı işitirler, ama aşk denilen şeyin tam da hissettikleri duygu olduğunu bilmezler. İşte tabiat, bütün insanlara aşkı eşit olarak bölüştürmüş ve hiç kimseyi mahrum bırakmamıştır. Akılsız, ilimsiz, huysuz, faziletsiz, sabırsız, acımasız, hayâsız insan bulunur, lakin aşksız insan bulunmaz. Aşk ve muhabbet herkesin düşüncesinde mevcuttur, ancak bir cazibe merkezi olmadıkça gerçekleşmez. İşte bazı kişilerin aşklarının dünyaya yayılması ve bazılarının da hiç duyulmamasının sebebi budur. İnsanın dışında bazı hayvanların da aşktan uzak olduklarını iddia etmeye cesaret edemeyiz.

Bu konuları bırakıp sadede gelelim. Saliha Hanım, Ayşe Kadın'ın ısrarı üzerine aşağıdaki gibi kendi macerasını kâh ağlayarak, kâh gülerek anlatmaya başladı:

— Babam ve anam her ne kadar genç evlenmişlerse de uzun zaman Cenabıhak evlat vermemiş. Sonra anam kırk yaşındayken ben dünyaya gelmişim. Beş yaşına bastığım gibi babam mektebe götürdü. Dört sene okuduktan sonra benden iyi olanların bazısı çıkıp gitti, bazısını geçtim. Sözün kısası mektepte kızların birincisi oldum. Babam ve anam böyle okuyup yazdığımı görünce beni o kadar severlerdi ki tarif edilmez. Az zamanda mektepteki kızların ikinci hocası oldum.

Saliha Hanım, okuryazar bir kadın olarak, söylediği sözlere biraz deyim karıştırdığından Ayşe Kadın, hanımının her söylediğini anlamayıp ancak ikinci hoca olduğunu işittiğinde:

— Maşallah hanım, maşallah! İnsan ufak akıllı, buyuk de akıllı. Amma ufak akıllı değil, buyuk de... demeye başlar başlamaz Saliha Hanım:

— Sözümü kesme, dinle ne söyleyeceğim, dedi. Mektepteki oğlanlardan ise en iyi bilen ve hepsinden büyük Rıfat Bey'di.

— Kim Rıfat Bey?.. Bizim merhum efendi?..

— Evet, ama sözümü kesme dedim, hepsini söyleyeceğim.

— Suphanallah.

— Rıfat Bey'le aynı dersteydik, beraber okurduk, ben onu çok severdim. Başka hiçbir kız ya da çocukla konuşmazdım. Onunla konuşmaya can verirdim. Başkalarının söyledikleri sözler bana bütün bütün saçma görünürdü, beni sıkardı. Rıfat Bey'in sözlerini ise pek manalı bulurdum. Hatta Rıfat Bey'in sözlerini hocanın sözlerinden de akıllıca bulurdum. Gündüzün onunla konuştuklarımı gece tekrar tekrar dilime vird gibi getirirdim. Rıfat Bey'in hayali bir dakika zihnimden eksik olmazdı. Gece daima rüyamda Rıfat Bey'i görürdüm. Kendi kendime ders çalışmaya başlardım, içim sıkılırdı. Ama Rıfat Bey'le çalıştığım zaman ders bana büyük bir eğlence olurdu. Anlamıştım ki Rıfat Bey de beni seviyordu. Çünkü o da hiç başka çocukla, başka kızla konuşmazdı. Sabahları bize gelir, beni de alırdı. Beraber mektebe giderdik. Çok defa mektebe erken giderdik de diğer çocuklar gelinceye dek iki üç kez dersimizi okurduk. Sonra tenhada tatlı tatlı konuşmaya başlardık. Ah! Rıfat Bey'le yalnız konuşmayı ne kadar severdim. Başka çocukların olduğu vakit birisi Rıfat Bey'e bir söz söyleseydi, Rıfat Bey başkasına baksaydı benim içim rahat etmez, merakım kalkardı[1]. Cuma günleri[2] kâh Rıfat Bey bana, kâh ben Rıfat Bey'e gidip bütün günü beraber geçirirdik.

Sırrın İfşası

Bir cuma günü Rıfat Bey bana gelmişti. Babam da evdeydi. Rıfat Bey babamın elini öptü. Babam da ne okuduğunu ne yazdığını sorup anladı. Onun güzel davranışlarını, güzel konuşmasını çok beğendi ve takdir etti. Rıfat Bey gittikten sonra akşam odaya girdim, baktım babam anamla konuşuyor ve bir çocuğu methediyorlar. Rıfat Bey'i methettiğini anlayınca kalbim küt küt vurmaya başladı. Kızardım sarardım, nihayet oturdum ve şu konuşmayı dinledim. Babam:

— Ah pek güzel çocuk, pek uslu çocuk! Allah'a emanet! Öyle babadan böyle bir çocuk olacağını kim beklerdi? Ah biçare çocukcağız! Kim bilir evde o uğursuz babasından ne çekiyor!

— Babası o kadar musibet midir? Ah zavallı Kâmile ah! Ah biçare kadıncağız! O kadar iyi kadın, o kadar uslu kadın! O kadar akıllı, o kadar güzel, elmas parçası gibi zavallının da öyle bir hayırsız kocası olsun! Vah vah vah! Çok üzüldüm, çok acıdım biçare Kâmile'ye...

— Aa, çok hayırsız, pek berbat bir heriftir. Gece gündüz sarhoş, müsrif, kumarbaz, velhasıl her fenalık üzerinde. Babasından epey mal kalmıştı, karısından da aldı. Hepsini yedi bozdu. Az bir şey kalmışmış, o da karısının sayesinde. Dün kahvede işittim, karısı keseyi almış da kocasına her

---

1 Halk ağzında kaygılanmak, endişelenmek.

2 Romanın anlattığı dönemde okullar cuma günü tatildi.

gün belli bir şey veriyormuş. Ama geçmiş ola! Şimdi bir şey kalmadı ki! Demek o kadar da iyi bir karısı var. A, belli... Çocuğuna baksana. O terbiye elbette annesindendir. Vah biçare, o çocukla teselli bulur. Allah bağışlasın!

— Ha... Demek onun için biçare Kâmile bir bakarsın şimdi güler söyler lakırdı eder, sonra birden bir hüzün ve keder perdesi yüzüne çekilir, düşünmeye dalar. O kırmızı yanaklarında, dudaklarında beyaz bir renk peyda olur. Gözlerini bir yere dikip kımıldatmaz. Bir şey sorsan da cevap vermez. Ah zavallı! Ben çok defa merak etmiştim Kâmile Hanım'ın bu kederini. Vah vah! Lakin bak ne namuslu kadın! Benimle çok yakın konuşmasına rağmen bir defa olsun kocasından şikâyet etmemiştir. Buna ne dersin! Öyle namuslu olmasaydı iş kolay. Çoğunun yaptığı gibi evlendiği günün ertesi feraceyi alıp babasına giderdi. Lakin onu kabul edemez, namusu var, aklı var... Öyle alçak tabiatlı biri değil. Onun için o uğursuz çapkının cefasını çekiyor! Allah korusun! Allah korusun! Namuslu kadında çapkın koca olsun, fena koca olsun... İşte onun cehennemi! Ah biçare kadınlar!.. Bizi hiç insan yerine koymazlar. Babalarımız istedikleri adama bizi hediye verircesine verirler. O adamların huyuna suyuna hiç bakmazlar. Biz o adamlarla geçinebilecek miyiz, orasını hiç düşünmezler. Bize bir kere olsun "Falan adamı koca olarak ister misin?" yahut "Kimi koca istersin?" diye sormak yok. Bize sadece "İşte seni falan adama vereceğiz" derler, biz de ses çıkarmayız. Ama gönlümüz ne der? "Yarabbi, babamın söylediği adam genç olsun, güzel olsun, iyi huylu olsun." Gerçi bazen öyle çıkar. Fakat bazen de tam tersi olur. Gider bakarız ki bize koca olacak adam altmış yaşında yahut bir gözü kör yahut burunsuz yahut sarhoş yahut ahmak... Ah siz erkekler, ne kadar zalimsiniz! Bir kızcağızın bir gözü birazcık şaşı olsa yahut bir ayağı hafif topallasa biçare evlenmeksizin ihtiyarlar gider. Kimse almaya tenezzül etmez. Ama sizin en fenanız, en uğursuzunuz, en sakatınız bakarsın kızların en güzelini, en uslusunu alır da biçareyi esir eder!

Babam da anamın bu sözlerine cevap verip bir iki saat bunun üzerine konuştuktan sonra bana dedi ki:

— Kızım, şu çocuğun ismi nedir?

— Rıfat Bey, dedim.

Ama bu adı söylerken yüzümde ne renkler peyda oldu bir Allah bilir. Hem de sesim öyle bir titriyor, kesiliyordu ki ancak üç dört defa söyleyince babam duyabildi.

— Dersleri nasıl? O senden iyi okur, değil mi?

— Yok, aynı sınıftayız, beraber okuyoruz. Bizden iyi bilen yok. Hem de çok usludur. İkimiz de hiçbir zaman hocayı kızdırmayız. Birbirimizi de çok severiz. Dersi de birlikte okuruz.

— Seversiniz... Sen onu seviyorsun demek olur.

— Evet, çok severim babacığım.

— Öyle mi? Maşallah! Hiç bir kız çocuğu "severim" diyebilir mi? Yoksa şimdiden koca mı istiyorsun? Hakkın var ya! Çünkü sen ananı dinliyorsun, o da "Kız güzel bir çocuk beğenmeli, almalı" diyor. İşte ananın fikri bu. Sen de öyle yapıyorsun değil mi?..

Ben babamın bu sözlerini duyunca belime kadar pancar kesildim, ter içinde kaldım. Ne diyeceğimi bilemedim. Anam beni bu halde görünce babama:

— Aa!.. Bırak şimdi Allah aşkına! Kızımı utandırdın. Niçin sevmeyecekmiş? Beraber mektebe giderler, beraber okurlar da sevmesin mi? O zaman da hasetçi bir kız, fena bir kız olacak, diyerek yanıma geldi ve beni okşayıp öperek, yok kızım yok, sen utanma. Baban seni kızdırmak için söylüyor. Mektepteki arkadaşlarını sevmelisin, kız olsun, oğlan olsun hiçbir zararı yoktur, dedi.

Anamın bu sözleri beni biraz teselli etmiş olsa da babamın yüzüne bakmaya cesaret edemedim. Anamdan da utandığımdan gözlerimi dizlerime dikip öylece durdum. Onlar da susmuşlardı. Biraz sonra yavaş yavaş kalkıp gözlerimi kımıldatmaksızın savuştum. Kapıdan dışarı çıktığım gibi o utanma duygusundan kurtuldumsa da gayriihtiyari gözyaşlarım dökülüp, hüngür hüngür ağlayarak dadıma gittim.

Dadım ihtiyar bir kadındı, beni çok severdi. Ağladığımı görünce:

— Aa, kızım! Ne oldu? Ne var? Baban bir şey mi söyledi sana? Hiç böyle bir şey yapmaz. Gel bana, ağlama, gözlerini sil. Söyle şimdi ne oldu? Yoksa bir şeyden mi korktun? diyerek beni kucağına aldı.

— Ah dadı! Babam bana neler söyledi!.. Sen işitseydin sen de ağlardın. Baksana terime...

— Vah vah! Kızım terlemiş. Kurban olsun dadın sana. Ee, ne söyledi efendibaba bakalım?

— Ne söyleyecek, iftira attı! Bugün Rıfat Bey'i, buraya gelen çocuğu gördün. İşte ondan söz açıldı. Ben de birbirimizi sevdiğimizi söyledim, hem gerçekten dadı seviyoruz birbirimizi. Hele ben onu daha çok seviyorum. Söylüyorum işte, seviyorum. Birini sevmek ayıp mı? O da beni seviyor, çok iyi biliyorum ki seviyor. Sevmeseydi her gün mektebe giderken niçin gelir de beni alır? Niçin bilmediğim ders olunca o öğretir? İşte o da beni seviyor, ben de onu seviyorum. Ama babam anlamıyor. "Sen şimdiden aşka, sevdaya başladın" diyerek beni utandırdı.

Dadım bu sözlerimi işitince büyük bir kahkahayla gülerek:

— Ee, baban fena mı söylemiş? Bu aşk değil de nedir? Seni gidi seni... Onun için yataktan kalkar kalkmaz mektebe koşuyorsun. Ben de sanırdım derse hevesin var, meğer sen âşığını maşukunu görmek için gidiyormuşsun. Cuma günleri de ya sen onun evine gidiyorsun ya da o buraya geliyor. Bir gün görüşmeden duramıyorsunuz. O da seni seviyor ha! Oh ne iyi! Hem sevmek hem de sevdiğin kişi tarafından sevilmek! Dünyada bundan iyi şey yoktur. Aferin Salihacığım, güzel çocuk seçmişsin. O da seni seviyor ha?.. Alacağım malacağım gibi şeyler söyledi mi sana? der demez:

— Aa, dadı, sen de benimle eğlenmek istiyorsun! Ne bekliyorsun? Yine ağlayayım mı? Yok yok, ben o kadar budala değilim. Gel yatağımı yap, yatacağım. İşte gözlerim kapanıyor, diyerek nihayet dadımı kandırdım.

Yatağımı yaptı, yattım. Lakin uyku ne gezer! Bin türlü düşünce zihnimden gelir geçer. Rıfat Bey'le olan muhabbetimizin aşk olduğuna hâlâ inanmak istemiyorum. Anamın kızların evlenmesine dair akşam söylediği sözler de aklımda kalmıştı. Evlenmeme hayalleri kurmaya başladım, ama bir türlü karar veremedim. Bir de Rıfat Bey'le evlenmek hususu aklıma geldi. Bir anda kalbim küt küt çarpmaya başladı. "Rıfat Bey'le evlenmek! Rıfat Bey'le gece gündüz beraber olmak! Ömrümüz oldukça ayrılmamak! Ah o zaman dünyada benden daha talihli kim olabilir? Fakat başkasını almak! Rıfat Bey'den ayrılmak! Rıfat'ı bir daha görmemek! Ah, ben öyle yaşayabilir miyim? Ah, yok yok! Dadı doğru söylüyor, babamın da hakkı var. Ben Rıfat'ı seviyormuşum yani Rıfat'a âşıkmışım! İşte şimdi anama hak verdim. Kız, sevdiği çocuğu almalı... Hele ben, başkasını hiç alamam. Ah gece! Ne uzun bu gece! Ne zaman sabah olacak! Gidip Rıfat Bey'i göreyim. Ah Rıfatçığım, ah! Ayrılırsak ne yaparız? Nasıl yaşarız?" diye düşüne düşüne ve ağlaya ağlaya uyumuşum.

Sözleşme

Ertesi sabah mektebe gittim. Baktım çocuklardan hâlâ kimse gelmemiş. Gidip yerime oturdum, başımı rahleye[1] koyup düşünmeye başladım. Gözyaşlarım çeşme gibi akıyor. Kapının önünde gezinen tavukların, köpeklerin fışıltısını işittikçe –Rıfat Bey geliyor diye– kanım donuyor. Hem seviniyorum hem korkuyorum. Sevinmek iyi de lakin korkmak neden, titremek neden?.. Nihayet Rıfat Bey de gelip benim öyle ağladığımı görünce boynuma sarılarak:

— Ah canım Saliha'm, niçin ağlıyorsun? Ne oldu? Ah, sus, gözlerini sil! İşte beni de ağlatıyorsun. Yalnızdın da korktun mu yoksa, niçin ağlıyorsun?

---

1 Rahle: Eskiden kitap okumak veya yazı yazmak için önüne oturulan, açılır kapanır alçak masa.

— Nasıl ağlamayım... Ah... Ben... seni... seviyorum. Bilmem... sen... beni seviyor musun, sevmiyor musun?.. Hatta dün babama da seni sevdiğimi söyledim de benimle eğlendiler. O neyse, fakat bir şey aklıma geldi. Yarın öbür gün beni mektepten alacaklar, yaşmak, ferace, bilmem ne giydirecekler. O zaman nasıl görüşeceğiz, nasıl yapacağız?

— Ah!.. Onu ben de düşünüyorum. Ben de böyle bir ayrılıktan korkuyorum. Ama Allah kerim! Şimdiden mi ağlayacağız? İki üç sene görüşemeyeceğiz, bu da bizim çilemiz olsun.

— Nasıl! İki üç sene... Ya sonra?.. Sonra nasıl görüşeceğiz? Hem sen bir süre sonra evlenirsin. Ben de... Ah, elimizde değil ki. Anam dün akşam diyordu zaten. Ana baba kızlarını, oğullarını istedikleri gibi evlendirirler, hiç onlara sormazlar. Senin baban sana bir kız bulsa almayacak mısın?

— O ne!.. Ben evleneyim! Ben senden başka kız alayım! Ah, mümkün müdür! İnanır mısın Saliha'm, ben sensiz yaşayayım? Ah... Sevdiğim kadar sevmemişsin demek oluyor!

— Ah Rıfatçığım, benim sevgimi gönlüne sor, nasıl ben senin sevgini gönlüme soruyorsam. Ama ne yapalım? Elimizden ne gelir?

Rıfat Bey bana cevap vermeksizin hokka kalemini aldı, bir parça da kâğıt aldı. Bir iki satır yazdı, önüme attı. Bir de alıp okudum ki "Beşikten mezara kadar muhabbetimiz bâki olup, birbirimizi alamadığımızda kendimizi öldürmezsek bu sevgiye layık olmayan soysuzlarız" diye yazmış ve imzalamış. Ben de imzaladım. Aynı yazıdan bir kopya daha yazdı, onu da imzaladık. Birini kendi aldı, cebine koydu, birini de bana verdi.

Saliha Hanım bu noktaya gelince cebinden bir sürü anahtar çıkararak yandaki çekmeceyi açar ve içinden altından yapılmış iki kılıf çıkarır. Birini açar, içindeki kâğıt parçasını alır, okur. Okurken gözyaşları çeşme gibi akar. Ayşe Kadın, Saliha Hanım okurken öbür kılıfı alıp:

— Ay ne güzel!.. A hanım, hep altun bu. Elli dirhem[1] var... Kaş para almış acaba?

— İşte dadı, Rıfat Bey'in yazdığı kâğıtlar bunlar. Bunu kendisi almıştı. Ah! Sekiz sene cebinde tutmuş! O senin elindeki de sekiz sene benim cebimde durmuştur. Her gün, sabah akşam çıkarırdım da üzerine gözyaşı dökerdim. Kan da... Ah, kan da dökecektim.

— Aa... Kan! Allah korusun! Nişun hanım?

— İşte bizim nişanlarımız yüzük, çevre[2] bilmem ne yerine bu iki kâğıt parçasıydı. Muşamba içine koyup sekiz sene ceplerimizde tutmuş, gözyaşlarımızla ıslatmışız. Kanımızla da boyayacaktık! Sonra Cenabıhak istedi de altın kılıflara koyduk.

Saliha Hanım kılıfları çekmeceye koyduktan sonra yine hikâyeye başlar:

— Rıfat Bey'in yazdığı bu kâğıdı okuyup cebime koydum. Biraz teselli oldum. Başka hayaller zihnime gelmeye başladı. Hâsılı bir sene daha böyle geçti. Bizim aşkımız ve sevgimiz günden güne artıyordu. Anam daima bana yaşmak takmam gerektiğini söylüyordu. Ama ben hâlâ küçüğüm diyerek istemezdim. Sonunda beni mektepten aldılar, mini mini bir ferace ve bir yaşmak hazırladılar. Ben babamın önünde, "Mektepten nasıl ayrılacağım? Nasıl yapacağım? Ben cahil kalacağım" diyerek ağlayıp sızladımsa da fayda etmedi. Babam, "Orasını merak etme kızım. Ağlama kuzum. Bu âdettir, kız on on bir yaşını geçince yaşmaksız, feracesiz sokağa çıkamaz. Biz âdetlere aykırı nasıl hareket edebiliriz! Sonra herkes bizimle eğlenir. Ama öğrenimini soracaksın... Senin öğrenmeye sevgin olduğu sürece kendi kendine de bildiklerini ilerletebilirsin. Ben de sana bazen ders verebilirim... Ne yapalım? İşte hâlâ kızlara mahsus mekteplerimiz, kadın hocalarımız yok ki... Erkek

---

1 Okkanın dört yüzde birine eşit olan, yaklaşık 3 gramlık eski bir ağırlık ölçüsü.

2 Eskiden çeyiz eşyası arasında bulunması şart sayılan, renkli nakışlarla, sırma, altın veya gümüşle işlenmiş dört köşe örtü.

mektebine on beş yaşında bir kız nasıl gidebilir?" diyerek bana teselli vermek istediyse de benim asıl kederlendiğim şey Rıfat Bey'den ayrı düşmek olduğundan hiçbir şekilde teselli olmadım. Tenha bir köşeye çekilip ağlamaya başladım. O kadar ağladım ki gözlerim ceviz tanesi gibi fırladı! Dünyadan tamamen umudumu kestim. Düşünüyordum ki Rıfat Bey mektebe gidecek, beni bekleyecek, göremeyecek. Ne yapacak? Zavallı çocukcağız kederlenecek. Çünkü Rıfat Bey'in bana olan aşkından hiç şüphem yoktu. İşte buna gönlüm daha çok sıkılıyordu. Ama her ne kadar birkaç ay mektebe gidemedim, sokağa çıkamadımsa da Rıfat Bey'le zaman zaman görüşebiliyorduk. Bir zaman sonra bu da kesildi. Rıfat Bey'le hiç görüşemez olduk. Bazen geçerken pencereden görürdüm. O zaman sabrım ve tahammülüm iyice kırılırdı, bir türlü teselli olamazdım. Beş altı ay böyle geçti. Ah, o beş altı ay! Bana beş altı sene gibi görünür.

Haberleşme

Bir gün tek başıma odamda oturmuş, Rıfat Bey'in yazdığı sözleşmeyi –hani şimdi gördüğün kâğıdı– çıkarmış okuyordum. Bakıyor, ağlıyordum. Gözyaşlarım üzerine dökülüyordu. Bir de baktım kapı yavaşça açılıyor. Birisi başını sokup bir şey arar gibi her tarafa bakıyor. Ben hemen kâğıdı cebime koydum, gözlerimi sildim.

— Kim o? İçeri gelsene!

deyince Rıfat Bey'in annesi Kâmile Hanım'ın cariyesi[1] Gülizar içeri girdi. Bu cariye on on bir yaşlarında bir kızcağızdır. Pek uslu bir kız, ben çok severdim. Seveceğim ya, Rıfat Bey'in cariyesidir.

— Hah, Saliha Hanım burada. Hem de yalnız... Tam da istediğim gibi, dedi.

— Gel Gülizar Hanım, gel, dedim.

---

1 Cariye, parayla alınıp satılan, üzerinde sahibinin her türlü hakka sahip olduğu kız, halayık.

Yanıma geldi, cebinden zarfa konulmuş bir mektup çıkarıp bana verdi.

— Bu mektubu Rıfat Bey gönderdi. Bana, sizi yalnız bulursam vermemi ve cevabınızı da kendisine götürmemi söyledi.

Ellerim titreyerek, kalbim küt küt çarparak mektubu açtım. Şöyle yazmıştı:

Ruhum Saliha'm!

İşte altı ay oldu ki görüşemiyoruz. Çok özledim. Allah vere de bir daha görüşelim. Bir daha birbirimizi dünya gözüyle görelim! Ah!.. O beraber olduğumuz zamanlar!.. Ah o zamanlar! Nasıl da su gibi geçti o günler. Şimdi bizim için bir dakika bin yıldır. Saliha'm, bundan sonra hiç olmazsa mektuplarla görüşelim. Gülizar'la bu mektubun cevabını gönder. Şimdilik bu kadarla yetinirim. İnşallah pek yakında görüşürüz. Allah'a ısmarlarım! Ah!.. Ah!.. Ah!..

Rıfat

Bu mektubu okudum, tekrar okudum, belki ezberledim. Her bir harfini gönlümce uzun uzadıya yorumladım. Biraz teselli oldum. Yüzüm biraz güldü, gönlüm biraz açıldı. Hokka kalemini aldım ve şu cevabı yazdım:

Candan Azizim Rıfat'ım,

Mektubunuzu aldım. Dünyalarca memnun oldum. Belki taze hayat buldum. Ah, ne diyorum!.. Bu memnuniyet kıyas kabul etmez. "El-Mürâsele nısfü'l-muvâsala"[1] derler. Kavuşmak ne büyük şey, kavuşmak, ah... Mektuplaşmak da onun yarısı, değil mi ya! Ah Rıfat'ım, senden ayrı halim nasıldır, hiç tarif istemez. Hemen Allah bizi birleştirsin! Başka elimizden ne gelir. Şimdilik bundan fazla yazamam. Üç gün de yazsam gönlümün derdini anlatamam. Fakat vakit müsait değil. İkinci mektubunuzu beklerim. Allah'a ısmarlarım!.. Ah!.. Ah!..

Saliha

1 "Mektuplaşmak kavuşmanın yarısıdır" anlamında Arapça deyim.

Mektubu katlayıp zarfa koydum, mühürledim ve Gülizar'ın eline bıraktım:

— Al elmasım, bu mektubu Rıfat Bey'e ver. Benden özel selam söyle. Sakın kimse görmesin ha! dedim.

Gülizar gitti. Ben Rıfat Bey'in mektubunu ve yazdığım mektubun müsveddesini tekrar tekrar okudum. O gün benim için bir başka gün oldu. İşte ondan sonra Gülizar vasıtasıyla ikide birde mektuplarla görüştük. Ben bazen Rıfat Bey'i pencereden de görüyordum. Çünkü zamanımın çoğunu pencerede geçiriyordum. Ama o beni göremezdi. Beş sene daha böyle geçti. Ben on altı yaşına bastım. Rıfat Bey o zaman on sekiz on dokuz yaşlarında olmalıydı.

Ümitsizlik

On altı yaşına bastığım aklıma gelince kendi kendime "On altı yaşında bir kızla on sekiz yaşında bir çocuk evlenebilirler, çilemiz bitti inşallah" diyerek seviniyordum. Hatta bunu Rıfat Bey'e de yazmıştım, onun da ümidi tazelenmişti. Bir gün odamda yalnız başıma oturmuş dikişle uğraşıyordum. Bir de baktım anam girdi, kapıyı kapatıp yanıma geldi, oturdu. Dikişime bakar gibi şeyler yaptı. Nihayet "Kızım" dedi "sen on altı yaşını geçtin, kocaya varma zamanın geldi. Bahtın da açıkmış, seni büyük bir evden istiyorlar. Çok varlıklı, zengin ve soylu bir efendi seni istiyor. Biz babanla düşündük ve çok münasip gördük. Allah'ın emriyle seni ona vereceğiz," dedi.

Bu sözleri duyar duymaz iğne elimden düştü. Gözlerime duman çöktü. Benzim nasıl attı ancak gören bilir... Söz söylemeye mecalim yok. Fakat "Belki de bu adam Rıfat Bey'dir" diye ümidimi tamamen kaybetmedim. Gerçi anamım "varlıklı" sözü bana çok ümit vermedi ama insan, doğası gereği, ne büyük felaketlere ne de büyük sevinçlere birdenbire inanamaz. Gönül öyle bir müftüdür ki istemediği şey için kolay kolay fetva vermez.

— Susuyorsun, bu rızan var demektir. O halde tamam. İnşallah hayırlı...

— Ooo!.. Ne!.. Nasıl!.. Ben... şimdiden evleneyim!.. A... yok anam, yok... ben... ben... ben evlenemem... Hem beni isteyen kim? Beni... kimse istemez. Bunları siz uyduruyorsunuz. Ben...

— A kızım!.. Sen çocuk mu oldun! İşte dedim ya sana, bu talih her zaman önüne gelmez. Nasıl "Beni kimse istemez" dersin? Niçin istemeyecekler? Sen evlenmeyecek misin? Hani geçen hafta görücüler geldi ya. Senin hiç haberin yokken sana baktılar, beğendiler. İşte sonuç meydanda. Kocan olacak efendi, Ahmet Bey isminde...

Ben bu Ahmet Bey ismini işittiğim gibi Rıfat Bey olmadığını anladım, nasıl üzüldüm. İnsan üzgün olduğunda –hem de böyle bir üzüntüde– mahcubiyeti de kalkar, korkusu da gider. Cesur olur. Çok kızmıştım. Ayağa kalktım:

— Aaa! Ana!.. İşte dedim ya! Evlenmem vesselam! Zorla evlendirmek istiyorsanız evlendiriniz, benim rızamı niye soruyorsunuz? Ben şimdilik evlenmem!
diyerek odadan çıktım. Dadımın odasına gittim. Başımı yastığa koyup hüngür hüngür ağlamaya başladım. Bir saat kadar böyle ağladım. Dadı mutfaktaydı. Gelip beni bu halde görünce zavallı kadıncağız şaşırdı:

— Ne oldu? Ne oldu? Kim öldü? Ne var? A kızım, niye ağlıyorsun? diye seslenince başımı kaldırıp:

— Dadı, ne diyorsun? Ne şaştın böyle? Kim ölecek?.. Ah... Keşke ben öleydim de bu olmayaydı. Ah dadı, ah!..

— Canım ne var? Aman söyle çabuk!

— Ne olacak... Anam... beni... evlendirmek istiyor... Ben şimdi...

— Ah kızım! Allah'tan bulasın! A, ne yaptın bana! Az kaldı bayılıyordum, inme inecekti. Of... Allah! Kalk kızım, az soğuk su ver bana! Çabuk! Çabuk! Bayılıyorum...

Dadımı fena hale getirdim. Biraz su verdim, içti. Kendini topladı:

— A kızım! Bunda ağlayacak bir şey var mıdır? Ben de zannettim ki... Allah esirgeye! Ya efendiye ya da hanıma bir şey oldu da... Meğer seni evlendireceklermiş. Sen sevinmeliydin a kızım, ama ağlıyorsun. Evlenmeyi kötü bir şey mi zannediyorsun? Kocayı umacı[1] mı sanıyorsun?

— Yok, yok... Ah dadı! Sen bilmezsin, ben... evlenmek isterim... ama... yok yok, diyemem.

— Söyle, söyle bakalım, çekinme.

— Ne söyleyeyim... Baksana, ben şu kâğıdı okuyayım da sen bir dinle...

Böyle diyerek ve ağlayarak şu bizim sözleşmeyi cebimden çıkardım. Utanarak, sesim titreyerek okudum. Dadı dinledi ama bu defa gülmedi. Gördü ki iş gülünecek halde değil.

— Ağlama kuzum, gözlerini sil. Ben gider anana söylerim de ikna ederiz, korkma! diyerek kalkıp anamın yanına vardı.

Ben yalnız kaldım. Biraz teselli oldum, dadıyı dört gözle bekliyordum. Dadı da geldi.

— Eee... Anama söyledin mi? Ne dedi?

— Söyledim ya, "peki" dedi, bakalım... Şimdi gitti efendiye danışmaya.

— Ah... Babam da işitecek bunu. Ah zavallı ben, ah!.. Nasıl çıkarım önüne, diyerek kalktım. Ayaklarımın ucuna basarak yavaş yavaş babamın olduğu odanın kapısına gittim. Perdenin arkasından şöyle konuştuklarını işittim:

Babam — Aaa! Yok yok, olmaz, imkânı yok. Olur şey mi ya? Çocuk iyi, gerçekten iyi, pek güzel çocuk. Ama ne yapayım, o babası var. Hiç öyle adamın evine kız verilir mi? Kızımı öyle bir eve vermektense öldürmek daha iyidir. Sonra o zavallı çocuğun bir şeyi de kalmadı. Babası varını yoğunu yedi bitirdi, bir şey kalmamıştır. Çocuk da... Daha çocuk! Ne bileceğiz yarın o da nasıl bir ahlaka sahip olacak. Hiç o çocuk Ahmet Bey'e tercih olunur mu?

---

1 Öcü, küçük çocukları korkutmak için uydurulmuş korkunç hayali yaratık.

— Hakkın var, hakkın var... Ama ne yaparsın. Sana dedim ya, sözleşmişler. Eğer birbirleriyle evlenmezlerse kendilerine kıyacaklarmış! Bu işler şakaya gelmez. Bir tane kızım var, Allah esirgeye...

— Adam, laf işte... Ufacık çocuk bir şey yazmış da... Ne olacak?

— Öyle deme. Ah!.. Sevdadan olmadık şey yok bu dünyada.

Ben perdenin arkasında durmuş, bu konuşmaları dinliyordum. Her bir saniyede gönlüm bir umut tarafına, bir umutsuzluğa gidip geliyordu. Bir de baktım Gülizar merdivenden çıkıyor. Beni görür görmez cebinden bir mektup çıkardı. Koşarak mektubu elinden kaptım. Açıp okudum. Baktım Rıfat Bey'in bu felaketten haberi yok, her zamanki gibi yazmış. Hemen odama koştum, kalemi alıp şu mektubu yazdım:

Rıfat'ım

Ah!.. Bu mektup ne kara haberler getirecek, ah! Beni evlendirmek istiyorlar. Ah... Beni evlendirmek de sana vermemek! Demek oluyor ki ikimizin de canına kastediyorlar. Ah, ah Rıfat'ım! Ben anama söyledim evlenmeyeceğimi. Dadıma da sözleşmelerimizi gösterdim, kendimi öldüreceğimi söyledim. Dadı bu sözlerimi anama söyledi. Anam babamla konuşurken ben de perdenin arkasından onları dinledim. Seni istiyorlar ama... Beni sizin evinize yollamak istemiyorlarmış. Rıfat'ım! İlk iş valideni içgüveyi girmen için kandırabilirsen ve o da anama gelip söylerse Hak Teâlâ'dan ümit ederim ki bu iş olur. İnşallah, Cenabıhak iki genç insanın kanının dökülmesine razı olmaz. Rıfat'ım, Allah'a ısmarlarım. Acele cevabını bekliyorum. Ah, ah, ah!..

Saliha

Mektubu temize çekmeden Gülizar'ın eline koyup yolladım. O gün akşama kadar içim içimi yedi, odamda durmaksızın gezindim. Akşam babam yemeğe çağırdıysa da gitmeye utandım. Hem bir dakika olsun gözlerimde yaş durmuyordu ki. Ah!.. On senelik bir sevda, bir saat içinde gönülden çıksın! Ne bir saati... Bin yılda da çıkmaz. Sevilen insan unutulsun! Ah, imkânsız şeyler. Sonunda o gece bazısı umut verici, bazısı umutsuzluklara gark edici bin türlü hayaller kurarak uyumuşum. Uykumda da bazısı tatlı tatlı, bazısı korkulu korkulu bin türlü rüya gördükten sonra sabahleyin uyandım. Bir iki dakika nerede olduğumu, ne halde bulunduğumu anlamaya çalıştım. Sonunda kendimi toplayarak büyük bir felaketin içinde, büyük bir tehlikede olduğumu anladım. Bir köşeye çekilerek düşündüm, ağladım. Bir iki saat böyle geçtikten sonra bir de pencereden baktım ki bir hanım geliyor. Görür görmez Kâmile Hanım olduğunu anladım. Artık bir sevinç! Bir sevinç! Sanki bütün kederlerimden kurtulmuştum. Sanki beni bir sürü düşmanın elinden kurtarmak için gökten bir yardımcı gönderilmişti. İçim içime sığmıyor, bir yerde duramıyordum. Kendi kendime, "Elbette o iş için geldi. Evet, ah... Şüphe yok. Aferin Rıfat'a, bak, anasını kandırıp gönderdi. Ah, benim de Kâmile Hanım gibi anam olsaydı kandırırdım. Ama... Ah bu benim anam... Bu benim babam... Hele babam... İnsana hiç söz söyletmezler. Bin kere düşündüm, gidip söyleyeyim diye. Giderim, cesaret edip söyleyemem. Vücudum titremeye başlar. Oh... Olacak inşallah! Bu iş bitecek. Kâmile Hanım anamı ikna edecek. Oh, oh, kurtulduk! Şükürler olsun yarabbi! Bin kere şükür!.." diyerek odamın içinde sürekli gezinirken bir de baktım ki Kâmile Hanım çıkmış gidiyor. "Ah, gidiyor! Bir şey yapamadı! Yoksa işi hallettiler de mi gidiyor? Ne bileyim. Ah yarabbi! Ah yarabbi! Fakat düşünerek... Ah... İşte işte... Düşünerek gidiyor! Bir karara vardılarsa anam gelip bana söyleyecek. Hele dur bakalım. Of! Nasıl da geçmiyor zaman! Nasıl uzadı saatler..." diye söylenerek bir iki saat –saate bakarsan bir iki saat ama bana sorarsan bir iki ay– daha düşünmekle geçirdim. Bir de baktım Gülizar kapıdan giriyor. Cebinden bir mektup çıkardı ve bana verdi. Bu mektubu nasıl aldım, nasıl açtım hiç bilmem. İşte nasıl yazdığı:

Ah Saliha'm, Ah!..

Bu sana son yazışım, eyvah! Bu sana son defa hitap edişim! Sevdiğim! Altı senedir seni göremiyorum, bırak görmeyi konuşamıyoruz. Ah, o mektepte olduğumuz zamanlar... Ah o zamanlar! Nasıl çabuk geçti. Nasıl kıymetini bilemedik. Her dakikası dünyalar kadar değerliydi. Ah, ah! O zamanlar geçti de bir daha dönmeyecek. Bir daha gözlerim Saliha'yı göremeyecek. Bir daha konuşamayacağız. Altı yıldır sabrediyoruz. Nasıl ediyoruz? Niçin ediyoruz? Bir umutla, evet bir umutla... Yine görüşmek, bir gün kavuşmak umuduyla... Fakat, eyvah! Eyvah! Bu umut bitti. Bu umut artık yok! Evet, yok! Şu andan itibaren yok artık. Anan, baban... Ah o zalimler! Bizim kavuşmamızı istemiyorlarmış! Seni nişanlamışlarmış! Bir zengine, bir bilmem kime vereceklermiş! Evlendirecek kızları yokmuş artık! Ah biçare Rıfat! Ah zavallı Saliha! Ah... Ne yapalım? Esiriz, kendimize sahip değiliz. İstediğimizi yapamayız. Evet, kendimize sahip değiliz ama yaşam ve ölümümüze sahibiz. Kendimizi sahra-yı adem'e[1] atabiliriz. Orada hür yaşayabiliriz. Bu dünyada hürriyet yokmuş. Dünyanın en hür olanları esirlermiş! Hemen bu dünyadan kurtulalım Saliha'm! Benim hançer önümde duruyor. Sözleşmemiz ve senin gönderdiğin mektuplar koynumda duruyor. Onlar da kana boyansınlar! Gözyaşlarımız üzerlerine düşmüş, kanımız da üzerlerine dökülsün. Saliha'm, senden bu mektubun cevabını bekliyorum. Bir daha o güzel elinle yazılmış yazıyı göreyim de sonra kendimi öldüreyim. Sen de Saliha'm, sen de bildiğin, istediğin gibi yap! Ah felek, ah!.. Bu sözü bana nasıl söyletirsin? Ah bu vücutlarımız toprak altına girecek, dökülecek, çürüyecek!!! Eyvah, eyvah! Senin o nazenin vücudun, o gül gibi yüzün çürüyecek! Bir daha göremeyeceğim. Ama yok yok, yanlış söyledim. O mezarda çürüyecek şey etten, kemikten ibaret bir şey. Sevişen ruhlarımızdır. Evet, ruhlarımızdır ki bu cisim kafesinden kurtuldukları anda görüşecekler. Evet, hiç şüphem yok, görüşecekler. Cenabıhak böyle iki âşığı ayırıp bir daha görüştürmemeye razı olmaz. Ah Saliha'm, ah!.. Mektubu kapamayı gönlüm istemez, daha yazmak isterim. Fakat elim kaldı, zihnim durdu... Gözlerim kanla doldu, görmez oldu. Hadi Allah'a ısmarlarım. Ah, ah, ah!..

Sevdiğin, Rıfat

---

1 Yokluk çölü, ölüm.

İşte ben hayırlı haber beklerken bu mektubu okuyunca aklımı kaybettim. Vücudum titremeye, gözyaşlarım çeşme gibi akmaya başladı. Sonunda kendimde olmadığım halde mektubu okudum. Bitirir bitirmez mektup elimden düştü. Vücuduma fena halde bir titreme geldi. Biçare Gülizar şaşırdı kaldı. Yüzüme bakıyor ama bir şey söylemeye cesaret edemiyordu. O anda kendimi öldürmek istiyordum ama elimde bir şey yoktu. Ah, insanın dünyadan ve dünyada en çok sevdiği şeyden umudunu kesmesi ne zor şeymiş! Sonunda kalemi aldım. Ellerim ve vücudum titreyerek, gözyaşlarım aka aka Rıfat Bey'e son defa bir iki satır yazmaya başladım:

Ah Rıfat'ım, Ah!..

Ecelimizin ve ecelden de zor olan sonsuz ayrılığımızın haberini getiren mektubunuzu aldım. Ah, ah!.. Bugüne nasıl geldik! Bu ne kara gündür! Ah bayılıyorum, daha fazla yazmaya mecalim yok. Ben de sözleştiğimiz gibi kendimi öldüreceğim. Elimde bir alet yok, ancak kendimi kuyuya atıvereceğim! Ah Rıfat'ım, ah! Allah'a ısmarlarım. Biz bu ömrü böyle ayrılıkla geçirdik. İnşallah öbür dünyada görüşürüz. Ah, ah, Rıfat'ım, daha da yazmak istiyorum ancak yazamam. Eyvah! Hem bizim için bundan sonra bir dakika bile yaşamak haramdır. Hemen kendimizi bu dünyadan kurtaralım! Allah'a ısmarlarım! Ah, ah, ah!..

Sevdiğin, Saliha

Murat

Bu mektubu kapamaya, zarfa koymaya mecalim yoktu. Hemen bitirdiğim gibi Gülizar'ın eline bıraktım. Biçare kız da acemi, mektubu elinde tutarak kapıdan dışarı çıkmış. Lakin şu kadere bak, şu bahta bak!.. Anam sofada bulunmasın mı?.. Mektubu kızın elinden kapıp babama götürmesin mi?.. Ben Gülizar çıktıktan sonra bulunduğum yerde donup kalmışım. Aklımı şaşırmışım. Gözlerimi bir yere dikmişim. Bir dakika geçer geçmez anam koşarak ve ağlayarak gelir, kapıyı şiddetle itiverir. Gelir, boynuma sarılarak beni öper, kucaklar. Gözyaşları çeşme gibi yüzüme dökülür. Ben ne olduğunu, nerede bulunduğumu anlayamam. Daha kendime gelemem. Anam:

— Ah kızım! Kızım kendine gel! Ah biçare ben, ah zavallı ben! Az kalsın öksüz kalıyordum. Ah, bin şükürler o dakikaya! Ne hayırlı dakikaymış o ki ben odadan çıktım da Gülizar'a rast geldim. Ah kızım, ah! Korkma, düşünme... Muradına ereceksin. Senin için korkulacak şey yok artık. Babanı da kandırdım, seni Rıfat Bey'e vereceğiz, der demez kendimi topladım.

Öyle bir ümitsizlikten sonra böyle ümit verici bir söz işitmek! Böyle bir ümide dönmek! Ohh... Ne büyük şey! Lakin insan kedere ne kadar dayanamıyorsa sevince de o kadar dayanamıyor. Vücudum titremeye başladı! Gözyaşlarım çeşme gibi anamın göğsüne döküldü! Hüngür hüngür ağlamaya başladım. Bir müddet sonra zihnimi azıcık toparladım, vücudum biraz rahatladı. Sonra Rıfat Bey aklıma gelince birdenbire rengim attı.

— Ah! Rıfat Bey... Rıfat Bey... Rıfat Bey kendini öldürmüş, ben ne ümitleniyorum.

— Yok kızım, yok! Korkma, Gülizar'a ben söyledim. Şimdi gitmiş, söylemiştir, o da sevinmektedir.

Bu sözü de işittiğim gibi bütün bütün rahatladım. Gözlerimi sildim, anamın elini öptüm. Anam babama götürdü, onun da elini öpüp yanına oturdum.

Nihayet bir ay sonra gelin oldum. Fakat Rıfat Bey'in evine gittim. Çünkü Kâmile Hanım, oğlunun içgüveysi olmasına razı olmazmış. Ve hatta Rıfat Bey'in ricası üzerine anama geldiği zaman bile işin o kısmını teklif etmemiş. Evlendikten bir sene sonra kayınpederim vefat etti. Üç sene sonra Kâmile Hanım da öldü. Ah biçare Kâmile Hanım, ah! Beni ne kadar severdi.

Saliha Hanım kendi macerasını bitirince yine dikişe başladı. Ayşe Kadın:

— Ah! Hanım sen de şok şakmış. Onun işun şabuk ihtiyarlamış. Zavallı hanım! diyerek kalkıp mutfağa gitti.

Talat Bey

Gelelim Talat Bey'e... Talat Bey, Rıfat Bey ile Saliha Hanım'ın arasındaki aşk ve muhabbetin meyvesi olup, gayet güzel ve akıllı bir çocuktu. Saliha Hanım'ın kayınpederi ve kayınvalidesi vefat ettiği gibi, anası ve babası da bu fani dünyayı terk etmişlerdi. Sevgili eşi de ebediyete gidince zavallının Talat Bey'den başka kimsesi kalmamıştı. Bu yüzden Talat Bey'i o kadar severdi ki Talat Bey akşam biraz geç kalsa "Aman oğluma ne oldu? Oğlum daha gelmedi!" diye deli olurdu. Her ana oğlunu sever ya! Lakin bizim Saliha Hanım pek çok sebepten ötürü oğlunu diğer analardan daha çok severdi. Bununla beraber Saliha Hanım'ın akıl ve zekâsına bakın ki içindeki sevgiyi oğluna belli etmez, nazlı alıştırmazdı. Çünkü malum ya, öyle nazlı alışan bazı çocuklar, gençler... Talat Bey, babası vefat ettiğinde mahalle mektebine gidiyordu. Saliha Hanım, Rıfat Bey'in vefatından sonra oğlunu bir iki sene daha sıbyan mektebinde[1] sonra da rüştiyede[2] okuttu. Talat Bey on altı yaşındayken rüştiye sınavlarını vererek, bütün İstanbul gençlerinin yaptığı gibi bir devlet dairesinin kalemine girdi –hangi dairenin kalemi olduğunu söylemeye gerek yok sanırım. İki senedir de o kaleme devam ediyordu.

Talat Bey, pek hoş ve nazik bir çocuk olup daima güler yüzlüydü. Mizacında kibir ve haset gibi kötü ahlak bulunmamasından başka çapkınlık ve hovardalıktan da tamamen bihaber, gayet uslu biri olduğundan gerek kalemdeki arkadaşları gerek tanıdıkları onu çok severdi. Yukarıda dediğimiz gibi Talat Bey neşeli ve güler yüzlü bir çocuk olmasına rağmen son birkaç gündür pek bir düşünceliydi. Hiç yüzü dudağı gülmüyordu. Yoldan geçerken kendinde bir dalgınlık göründüğünden tanıdıklarından her gören:

— Canım, şu çocuğa ne oldu? Huyu mu değişti? Yoksa Allah esirgeye bir karasevdaya mı düştü?.. Yoksa bir kederi mi var?

---

1 Osmanlı dönemindeki ilköğretim kurumu, mahalle mektebi.
2 Osmanlı döneminde ortaokul derecesindeki okul.

Diğeri:

— Dün yolda yüz yüze rast geldik, hiç selam vermedi. Seslendim, sanki uykudaymış da birdenbire uyanmış gibi sıçradı. Sebebini sordum. "Biraz başım ağrıyor" dedi. Yazık! Yanarım bu çocuğa, diyordu.

İşte biçare Talat böyle bir haldeydi ve zavallı oldukça da zayıflamıştı. Kalemdeki arkadaşları, yolda karşılaştığı tanıdıkları onun bu haline şaşırarak "Birader sana ne oldu?" diye sorduklarında bir baş ağrısı bahane ediyordu. Kimi Beyoğlu'nda bir hekim, kimi bilmem nerede bir eczacı, kimi Üsküdar'da bir hoca ve kimi de bitpazarında bir üfürükçü tavsiye ediyordu. Her birinin binlerce hasta iyileştirdiğini söylüyorlardı.

Talat Bey ise bunlara hiç kulak asmıyordu. Çünkü hastalığını sadece kendisi bildiği gibi ilacını da kendisi biliyordu. Ama elinde değildi. İşte biçarenin dalgınlığı, şaşkınlığı, düşündüğü hep buydu. O zaman Talat Bey'in derdini hiç kimsenin bilmemesinin nedeni, zavallı çocuğun derdini sır gibi saklamasıydı. Hiç kimseye söylemezdi. Lakin bu tür dertler, günden güne büyür ve artar. Öyle artar ki saklandığı kabı, kılıfı patlatıp yırtar da meydana çıkar. Meydana çıkar da ummadığın insanlar bile öğrenir. Tıpkı bizim, Talat Bey'in bu halini merak edip sormak şöyle dursun, Talat Bey'i hiç tanımadığımız halde biçarenin derdi ortaya çıkıp da efsaneye dönüşünce öğrenmemiz ve Talat Bey'in sadece bu hikâyesiyle de yetinmeyerek geçmişini, anasının babasının durumunu araştırarak bilmeyenlere de bildirmek için yazmaya mecbur oluşumuz gibi. Şöyle ki:

Hacı Baba – Taaşşuk-ı Talat [Talat'ın Aşkı]

Aksaray'dan Beyazıt'a çıkan caddede bundan birkaç sene evvel Hacı Mustafa isminde bir tütüncü vardı ki ihtiyarlığına hürmeten ekseriya "Hacı Baba" derlerdi. Bu Hacı Baba altmış yaşını geçkin, boyu kısa ve şişmanca, sakalı süt gibi bembeyaz bir zat olup, göğsünü daima açık ve kollarını dirseklerine dek sıvalı tutar ve bir iskemle üzerine oturup marpucu bir dakika ağzından bırakmazdı. Birisi tütün almaya gelse Hacı Baba nargileden bir iki nefes daha çektikten sonra yavaşça kalkıp tütünü tartar ve müşterinin kutusuna koyup yahut kâğıda sarıp önüne atar ve teraziyi de öyle bir bırakırdı ki gürültüsü adeta dükkânı sarsardı. Bu Hacı Baba son derece tamahkârsa da titiz ve geçimsiz biri olduğundan müşterilere öyle çok iltifat falan etmezdi. Birisi dükkâna girip otursa Hacı Baba kesesini önüne atar, bir de merhaba der. Bir iki saatten sonra bir lakırdı ya söyler ya söylemez. Müşterinin birisi "Tütün sertmiş, yavaşmış" falan diyerek biraz mırlansa Hacı Baba cevap vermeksizin tütünü boşaltıp kutusunu ve parasını sokağa atar. Tuhaf olan şu ki bununla beraber Hacı Baba'nın müşterileri eksik olmaz. Her tütüncüden fazla müşterisi var. Hepsinden çok kazanır. Hem de Hacı Baba'nın müşterilerinin çoğu öyle yirmi, kırk paralık tütün alanlardan olmayıp, kutularını bir çeyrek mecidiye[1] ile dolduranlardandı. Her nasılsa, uzatmayalım. Bizim Talat Bey üç dört seneden beri tütüne alışmış olup Laleli yakınlarında bir tütüncünün müşterisiydi ve her gün kaleme giderken ondan tütün alırdı. Bir gün Talat Bey, Hacı Baba'nın dükkânının önünden geçerken "Bir de şu tütüncüden kırk paralık tütün alayım, bakayım bunun tütünü nasıldır ki herkes buna bu kadar rağbet ediyor" diyerek Hacı Baba'nın dükkânına yanaşır, tütün ister. Hacı Baba nargileden bir iki nefes daha çektikten sonra kalkıp tütün tartarken Talat Bey de aşağı yukarı bakar. Gözü dükkânın üstündeki cumbaya ilişir. Kafesin[2] içinde güzel bir çehre görür. Kafes de seyrekçe, içindeki pekâlâ fark olunur. Talat Bey'in gözleri kamaşır. Bir daha bakayım derken terazinin

---

1 Mecidiye: Sultan Abdülmecid tarafından 1844'te bastırılmış olan yirmi kuruş değerindeki gümüş sikke.

2 Kafes: Aralıklı dizilmiş ince çubuklara, yine aynı aralıklarla çapraz çubukların mıhlanması suretiyle yapılan ve eski Türk evlerinde yabancı gözlerden saklanması gereken harem kısmının pencerelerine konan siper.

gürültüsü gözlerini beri tarafa çeker. Tütünü alır, giderken bir daha cumbaya bakar. Gördüğü şey evvelki defadan bir kat daha güzel görünür. Biçare çocukcağızın o zamana kadar öyle bir güzel görüp sevdiği olmamıştı. Böyle bir yeniyetmenin gönlünün ne kadar kolay etkileneceği malum ya! Talat, Beyazıt'a doğru çıkar ama zihni oradan ayrılmaz. Tütüncünün cumbası hayalinde canlandıkça canlanır. Kaleme gider, yine bu düşünceyle meşgul. Kalemden dönerken tütünü tükenmemişse de yine kırk paralık tütün alır. Cumbaya bakar, yine aynı şey. Evine gider, aklı yine onunla meşgul. Yatağa yatar, uyku yok. Bir sürü şey düşünür, bir sevinir, bir kederlenir. Huzuru kaçar, bir yerde duramaz. Sabahla birlikte evinden çıkar, tütüncüye uğrar. Tütünü varken bir daha tütün alır, cumbanın durumu yine aynı. Nihayet birkaç gün böyle gider.

Bir gün Talat Bey her zamanki gibi tütün almaya gider. Tütüncü tütünü tartarken Talat Bey yüzünü cumbaya çevirip bakakalmıştı. Hacı Baba tütünü hazırlar, Talat'ın önüne atar, "Buyur efendi!" der. Ama kime söylersin, adamın aklı başka yerde. Hacı Baba, "Ayol, alsana tütünü! Ne bakıyorsun, şaşkın mısın nesin? Tuhaf be!" diye çıkışmaya başlar. Talat mahcup olup, tütünü alır gider. Giderken bir daha gözünü kaldırıp bakar ki cumbadaki gülüyor. İşte Talat Bey'e bugün başka bir meşguliyet! Kızın bu gülmesine bir mana arar. "Benim şaşkınlığıma mı güldü yoksa bu gülüş bir muhabbet alameti mi?" diye zihnini meşgul ederek yukarı çıkarken eski müşterisi olduğu tütüncü, "Beyefendi görünmüyorsunuz. Ne oldunuz? Oturmaz mısınız biraz," diyerek dükkâna girmesini teklif eder. Talat Bey de döner oturur. Dükkânda bir ihtiyar da vardı. Bu üç kişinin arasında şu konuşma geçti:

Tütüncü — Beyefendi tütünü nereden alıyorsunuz? Bizim tütünü beğenmiyor musunuz?

Talat — Yok, yine sizin tütün daha iyi. Fakat arkadaşımın biriyle beraber geliyorduk da şu aşağıdaki Hacı Baba'dan kendisi aldı, beni de almaya mecbur etti. Fakat çok sert.

İhtiyar — Hangi Hacı Baba?.. Hacı Mustafa mı?.. Aman ne kadar hazzetmem şu adamdan. Ne kadar sıkıcı, aksi, arabozucu... Pek çok insanın canını yakmış.

Talat Bey, Hacı Baba'ya dair tafsilat almak ister. Kızararak, sarararak kulak verip dinler.

Tütüncü — Şaşarım şu adama. On beş on altı sene evvel bunun beş parası yoktu, borcu da vardı. Hatta bana da danışmıştı, iflas etmek istiyordu. Şimdi çok parası var diyorlar. Nasıl kazandı anlayamadım. Yoksa buyurduğunuz gibi hep dolandırıcılıkla mı kazanmış?

İhtiyar — Dolandırıcılık da etmiş, ticaretten de çok kazanmış. Fakat bunun asıl zengin olması karısının sayesindedir. Hani ya on dört sene kadar var, evlenmedi miydi? İşte o zaman dul bir kadın aldı. Bir sene beraber yaşadılar, kadın öldü, buna da pek çok mal bıraktı.

Tütüncü — Evladı oldu mu o kadından?

İhtiyar — Yok, fakat kadının başka kocadan bir kızı vardı. Miras o kıza kaldı.

Tütüncü — Ee, kız şimdi Hacı Baba'nın yanında mı?

İhtiyar — Evet.

Tütüncü — Tuhaf! Ben yalnız ihtiyar bir kadın görürüm Hacı Baba'nın evine girip çıkan. Hiç başka kadın gördüğüm yok.

İhtiyar — Ha, kızı evinin kapısından hiç çıkarmaz. Taassubundan mı? Kıskançlığından mı? Korkusundan mı? Ne bileyim. İşin tuhafı görücü kadın da sokmaz evine. "Evlendirecek kızım yoktur!" diyor. Ne ümidi var anlayamıyorum. Malı elinden gitmesin diye biçare kızı evlendirmeyecek mi, ne yapacak?

Talat Bey bu konuşmadan istediğinden fazla malumat aldı. Ama ne fayda ki aldığı malumattan teselli olacak yerde büsbütün üzüldü. Talat'ın aklında iki ümit vardı: Biri, kızı dışarıda bulup bir bahaneyle meramını anlatmak. Diğeri anasına sırrını açarak kızı istemeye göndermek. Fakat ihtiyarın "Kızı evinin kapısından çıkarmaz" ve "Görücü kadın evine sokmaz" deyişi biçare çocuğu bütün bütün ümitsizliğe düşürür ve kederlendirir. Zavallı dükkândan çıkar kaleme gider, kalemden çıkar evine gelir. Hiçbir dakika bu hayal zihninden eksik olmaz. Bir derde uğrar, devasını bilmez, çaresini bulamaz, umudunu keser. Umudunu keser de neyden umudunu keser? Başka şeyden değil, canından umudunu keser, dünyadan umudunu keser. Çünkü böyle bir mahrumiyetin karşısında Talat için dünyayı bırakmak, canından ayrılmak bir şey demek değil. İşte zavallı nasıl bir felakete uğramıştı, nasıl bir belaya düşmüştü, düşünün!

İşte bu günlerde Talat Bey'in dalgınlığını herkes merak ediyordu. Bu günlerin birinde Saliha Hanım ile Ayşe Kadın da Talat Bey'e bir hal olduğunu anladılar. Ayşe Kadın bir dereceye kadar sebebini de keşfetti.

Hacı Baba'nın Evi

Hacı Baba'nın dükkânının bir köşesinde yeşil çuhadan eski bir perdeyle örtülmüş ufak bir kapı vardı. Bu perde açılınca önünde ufak ve karanlık bir mutfak ve bir yandan da bir merdiven görünür. Merdivenden çıkınca ufak ve penceresiz bir sofaya varılır. Merdivenin iki tarafında iki kapı vardı. Bu kapıların sağ kolda olanı açıldığında temizce döşenmiş bir oda görünür. Bu odanın bir köşesinde bir sepet sandık ve üstünde daha bitmemiş, iğnesi üzerinde bir entari ve diğer köşesinde ince bir bezle örtülmüş bir gergef ve duvarın bir tarafında bir ayna ve buna benzer alametler bulunduğundan buranın bir kız odası olduğu ilk bakışta anlaşılır. Evet, yukarıda da belirtildiği gibi Hacı Baba'nın bir emeksiz[1] kızı vardı. İsmi Fitnat'tı. İşte bu oda Fitnat Hanım'ın odasıdır. Biz şimdi evin tarifine bakalım, Fitnat Hanım'ı sonra uzun uzadıya anlatacağız. Bu odanın kapısının karşısındaki kapı açıldığında ufacık bir oda görünür. Bu odanın bir köşesinde, çarşafla örtülmüş bir sürü yatak, çivi-

1 Üvey.

lere asılmış bazı eski kürkler ve entariler olduğundan ihtiyar bir kadının odası olduğu belli oluyordu. Hacı Baba'nın yetmiş yaşını aşkın, Emine Kadın adında bir analığı vardı. İşte bu oda da ona aitti.

Sofanın bir köşesindeki yılankavi, dar merdivenden yukarı çıkıldığında ufak bir oda görülür. Bu odanın bir köşesindeki katlanmış bir yatak, bir tarafında namaz seccadesi ve bir masanın üzerinde şamdan, kibrit, suyla dolu bir sürahi, bir bardak ve bir köşede dayatılmış uzun bir çubuk[1] ve pencerede uzun marpuçlu bir nargile, duvara asılmış birkaç levha ve bir iki eski kürkten, buranın bir erkek odası olduğu anlaşılır. İşte bu oda Hacı Baba'nın odasıydı. Hacı Baba akşam dokuzda[2] dükkânı kapayarak yukarı çıkıp Fitnat Hanım'ın odasında Fitnat Hanım ve Emine Kadın'la beraber yemek yedikten sonra kapının anahtarını cebine koyup kahveye çıkar ve yazın gece saat 12'ye kadar, kışın 11'e kadar[3] oturduktan sonra gelir kapıyı açar, bir ufak fenerle yukarıya çıkar ve mumu yakardı. Yatağını hazır bulur ve yatar uyurdu. İşte Hacı Baba'nın düzeni daima böyleydi.

Gelelim Emine Kadın'a... Bu kadın Çerkez asıllı olup, Hacı Baba'nın babası kendisini ufakken almış ve birkaç sene sonra, Hacı Baba'nın anası olan karısı öldükten sonra nikâh kıymıştı. Bu kadıncağız saçı bembeyaz, ağzında bir dişi yok, burnunun ucu ağzını kapamış, gayet zayıf bir kadın olup pek çok masal bilirdi. Genellikle de cinlerden, cadılardan, gulyabanilerden bahseder ancak onlardan çok da korkardı. Emine Kadın'ın vazifesi, günde bir defa mut-

---

1 Tütün içmek için kullanılan ve genelde gül, yasemin, kiraz ve pelesenk ağaçlarından yapılan uzun ağızlık.

2 Orijinal metindeki saatler ezani/alaturka olarak verilmiştir. Bu saatler yaklaşık olarak günümüz değerlerine dönüştürüldü. Özgün metinde saat 1'dir. Alaturka saatte akşam ezanı her zaman saat 12'dedir. Günümüz saatiyle ilkbahar mevsiminde İstanbul'da akşam ezanı (yaklaşık olarak) saat 20:00'dadır. Bu durumda ezani saatle 12, günümüz saatiyle 20:00'a denk gelmektedir. Böylece saat 1 de 21:00'a eşitlenebilir. Dönüştürme için faydalanılan link (www.turktakvim.com)

3 Yaz saati dönüştürülürken temmuz ayı, kış saati dönüştürülürken aralık ayı esas alındı.

fağa girip bir sahan yemek yapmaktan ve Hacı Baba'nın yatağını kaldırıp odasını düzeltmekten ibaretti. Fakat Emine Kadın, Fitnat Hanım'ı çok sevdiğinden sabahleyin kalktığı gibi odasına gidip masala başlardı. Masal anlatmaya öyle dalardı ki Fitnat Hanım hatırlatıp mecbur bırakmasa hiçbir zaman masalı bırakıp işle meşgul olmak aklına gelmezdi.

Hacı Baba, tabi titiz olduğundan, Emine Kadın'a daima çıkışırdı. Hele yemekte biraz kusur bulduğu zaman "Seni masallar bırakmaz ki bir iş yapasın" diyerek kıyameti koparırdı. Bu sebepten Emine Kadın, Fitnat Hanım'a masal anlatırken Hacı Baba'nın geldiğini duyduğu gibi hemen masalı bırakıp bir işle meşgul olurdu. Bununla beraber Emine Kadın mutfakta yemeği ateşe koyduktan sonra dükkâna çıkan kapının yanına gidip perdenin arkasından Hacı Baba'yla konuşmaya başlar ve bir iki sözden sonra masal konusunu açardı. Fakat Hacı Baba masala başladığını anladığı gibi "Yemeğe bak, yemeğe!.. Yemek yanacak! Masal istemem" diyerek biçare kadıncağızı üzerek kovardı.

Fitnat Hanım

Yukarıda bahsedildiği gibi Hacı Baba on dört sene önce evlenip dul bir kadın almıştı. Bu kadının bir yaşında bir kızı vardı. Bir sene Hacı Baba'yla yaşadıktan sonra biçare kadın öldü. Kızı Hacı Baba'ya kaldı. Fitnat Hanım dediğimiz bu kızdır. Bu kızın babasının kim olduğunu kimse bilmezdi. Hacı Baba ve kız bile ancak şu kadarını bilirlerdi: Kızın anası Zekiye Hanım, Hacı Baba'ya varmazdan evvel taşralı olup, İstanbul'da memuriyetle bulunan biriyle evlenmiş ve birkaç ay sonra bu kişi vefat ettiğinde hamile olan Zekiye Hanım bu kızı dünyaya getirmişti. Fakat aslı böyle miydi? Yok. Sabredelim de aslını sonra anlayacağız. Her neyse...

Hacı Baba bu kızın terbiyesine çok dikkat ederek beş yaşına bastığı gibi mektebe göndermeye başlamıştı. Hiçbir zaman da yalnız göndermeyip daima yanına bir adam katardı. Sekiz yaşına varıncaya dek mektebe devam ettirdi. Sonra mektepten çekip eve kapadı. Ama öyle kapadı ki zavallı Fitnat o zamandan bu zamana değin, yani on dört yaşına varıncaya kadar, sokak kapısını bile görmemişti desek abartmış olmayız.

Fitnat Hanım; cismi narin, boyu orta, gözleri ve kaşları simsiyah, örme saçları arkasından beline dek uzanmış, rengi süt gibi bembeyaz, burnu gayet düzgün, hokka gibi ufak ağzı, lal gibi iki dudak ve inci gibi beyaz ve ufak dişlerle süslenmişti. Velhasıl güzelliğin vücut bulmuş hali denebilecek on beş yaşında bir kızdı. Fitnat Hanım oldukça yumuşak huylu olup, hiddet ve gazabın ne olduğunu hiç bilmezdi. Nezaket ve letafet ona mahsus şeyler. Pek az söyler, sesi gayet ince ve güzel. Hiçbir vakit kahkahayla gülmez, ancak tabiat harikalarından olan inci gibi dişlerini gösterecek kadar tebessüm ederdi bazen. Ahlakını uzun uzadıya tarif etmektense Hacı Baba gibi titiz ve geçimsiz bir adamla iyi geçinip onu hiçbir vakit gücendirmediğini, onun emir ve tembihleri dışında asla hareket etmediğini söylemekle yetinsek daha iyidir zannederim. Evet, Hacı Baba Fitnat Hanım'dan çok hoşnut olup hiçbir zaman kendisine kötü söz söylememiş ve surat etmemişti. İffetine gelince... Yukarıda denildiği gibi yedi seneden beri sokak kapısını görmemiş ve konuştuğu kişiler pek sınırlı olduğundan kendisine namus timsali desek bile az söylemiş oluruz.

Fitnat Hanım'ın dikiş dikmeye ve nakış işlemeye o kadar sevdası vardı ki, sabahleyin kalkıp kendine ve odasına güzelce bir düzen verdiği gibi gergefi önüne alıp veyahut dikişe başlayıp hiç başını kaldırmazdı. Emine Kadın, ihtiyarların âdeti olduğu gibi, pek erken kalkıp eve biraz çekidüzen verdikten sonra Fitnat Hanım'ın yanına gidip masal anlatmaya başlardıysa da Fitnat Hanım bu masallara çok dikkat etmez, bütün dikkati gergef ve dikişinde olurdu. Üç dört saat böyle geçtikten sonra nakış ustası Şerife Kadın gelip yarım saat kadar nakış öğretir ve yarım saat kadar da Emine Kadın'la konuşur giderdi. Fitnat yine işlemeye dalardı. Velhasıl Fitnat Hanım daima dikiş ve gergefle meşgul olurdu: Kâh işler, kâh işlemiş olduğu şeyleri açar, gözden geçirir; noksanlarına canı sıkılır, noksansız olanlarla iftihar eder; güzel işlenmiş veyahut dikilmiş bir şey görse birkaç defa gözden geçirir ve benzerini yapmaya çabalardı.

İşte Hacı Baba'nın evine nakış ustasından başka giren çıkan yoktu. Çünkü bir taraftan Hacı Baba komşularıyla çok iyi geçinmediğinden, diğer taraftan Fitnat Hanım'ın kimseye iadeiziyaret etmeyeceği belli olduğundan komşulardan hiç kimse Hacı Baba'ya misafir olmazdı. Ama Fitnat Hanım böyle daima yalnız oturmaktan sıkılmaz mıydı, denilecek. Yok, büsbütün aksine, Fitnat Hanım kendi âlemi içinde, kendi gergefiyle, kendi dikişiyle öyle eğlenirdi ki onları bırakıp bir misafirle konuşmak, söz bulmaya kendini zorlamak onun için adi bir azap olurdu. Hatta Emine Kadın'ın masallarını bile çok defa dinlemeye vakit bulamazdı. Emine Kadın işsiz kaldığı anda vira masal söylemekten vazgeçmezdi ya! Fakat dinleyen yoktu.

Daha Bir Eğlence – Taaşşuk-ı Fitnat [Fitnat'ın Aşkı]

Bir müddet sonra Fitnat Hanım'a bir eğlence daha çıktı. Eğlence de değil ya daha bir meşguliyet diyelim. Malumdur ya kadınlar ve özellikle kızlar vakitlerinin çoğunu pencere ve cumbalarda geçirip, sokaktan geçenleri seyretmekle eğlenirler. Fakat bizim Fitnat Hanım'da bu âdet yoktu. Fitnat'ın bütün eğlencesi gergefiyle, sandık ve çekmecelerindeki işlemeleriyle, örmeleriyle sınırlıydı. Öyle pencerede oturup seyretmeyi tecrübe bile etmemişti ve tecrübe etmek de hiç aklına gelmemişti.

Fakat bir gün, saat on iki sularında odasında gezinirken gözü sokağa gider. Gayet parlak bir şey, yani pek güzel bir oğlan gözüne çarpar. Elinde olmayarak pencereye yanaşır, gözünü oğlana diker, gözüyle onu uğurlar. Oğlan görünmez olduğu gibi, güneş battıktan sonra arzın ufuk çizgisinde görülen eleme benzer bir hüzün Fitnat'ın yüzünde belirir. Başından beri sütliman olan düşünce denizinde bir telaş dalgasıdır peyda olur. Gönlü gergef işlemek istemez, pencerede oturmak ister. Yarım saat kadar cumbada oturur. Gördüğü adama benzer birini daha görmek ister. Fakat "yağma yok" göremez. Anlar ki o "bir" imiş. Başkasından ümidi keser de onun tekrar geçmesini arzu eder. Lakin onun böyle çabuk dönmesini ümit etmez. Yine gergefin yanına çekilir. Ama yarım saatte bir kalkıp pencereden sokağa bakar. Bakar ama bir şey göremez. Yalnız saat altı buçukta bir defa daha kalkıp bakınca gördü ki sabah gördüğü çocuk dönmüş ve evinin hizasından geçmiş. Ancak arka tarafından biraz görebilir. Nihayet bir iki gün böyle gider. Fitnat Hanım dikkat edip anlar ki bu çocuk saat on ikide yukarı çıkar ve saat altı buçukta döner. Artık saat on ikiye ve altı buçuğa yaklaştığında Fitnat Hanım cumbadan çekilmez. Böylece Talat Bey'i –artık bu çocuğun Talat Bey olduğunu elbette anladınız– her gün iki defa görür.

İşte bu olay Fitnat Hanım'ın tabiatına bir değişiklik getirir. Gergeften, dikişten biraz soğur. Öyle daima işlemekle vakit geçirmekten çok hoşlanmayarak bazen de bir köşeye çekilip yalnız düşünür. Zihninde bir meşguliyet, bir keder olduğu yüzünden belli olur. Sokağa bakmaktan hoşlanır. Her ne kadar Emine Kadın, "Kızım pencerede oturma. Seni görürler de nazar ederler, sihir yaparlar. Aaa!.. Kızım sihirden, nazardan neler olur, neler!.." vesair buna dair binlerce hikâye söylerdiyse de fayda vermezdi.

Şerife Kadın bile Fitnat Hanım'ın bu neşesizliğini anlamıştı, hatta bir gün çıkarken Emine Kadın'ı mutfakta bulup dedi ki:

— Canım, bu kızcağızı çok mahzun görüyorum, galiba sıkılıyor. Hiç dışarı çıkar mısınız? Cuma günleri hiç olmazsa seyir yerlerine çıkarır mısınız? Komşulara gider misiniz? Onlar size gelir mi?

— Ah, kadıncığım! Yedi senedir ki bu kızcağız sokak kapısından çıkmamış. Bilir misin babası ne titizdir? Komşular da gelmez. Ne gelsin! Bir defa gelir, iki defa gelir, sıra bize gelir, biz gitmeyince onlar da kesilir, gelmez. Ben de kapandım. Kızı yalnız bırakmayayım diye hiçbir yere çıkamıyorum. Ben de anlamıyorum pederinin bu kuruntusu nedir? Kız benimle beraber çıktığı zaman ne olabilir ki? Ben de korkarım, korkmam diyemem. Allah esirgeye nazardan... Kızlara çok nazar değer, orası öyle. Ama kızın bir muskası var. Merhum anası bir muska bırakmış ki nazardan, cinden, her türlü fenalıktan saklar. O muskayı hiçbir dakika boynundan çektirmem. Ne muska! O muska bir tılsımdır! Merhum anası bilmem nasıl ele geçirmiş. Bana vasiyet ettiydi ki "Sakın bu muska kaybolmasın! Kız on sekiz yaşına bastığında açıp kendisine okutmalısın." İşte, daha üç sene var muskayı açmaya. Bakalım içinde neler var!..

— Yok! Hacı Baba'nın bunda hakkı yok. Kızı biraz çıkarmalı, eğlendirmeli. Aa, böyle olur mu? Hapishanede gibi gece gündüz evde kapalı. Dur, gideyim biraz çıkışayım Hacı Baba'ya.

Şerife Kadın böyle diyerek dükkân kapısını açar, bir sandalyeye oturur. Söze başlar:

— Hacı Baba, size bir şey söyleyeceğim.

— Buyurun.

— Canım şu kızı verem edeceksiniz. Gece gündüz evde mahpus gibi olur mu? Biraz konu komşuya göndermeli. Emine Kadın'la beraber bazen seyre çıkarmalı.

— Hanımefendi ben size bir şey söyleyeyim: Benim adım cimriye çıkmış. Komşular, mahalleliler benim hakkımda neler söylemezler. "Yirmi kuruş araba parası vermemek için kızını ayda bir defa olsun dışarı çıkarmıyor" diyorlar. Doğru, ben müsrif değilim, idareme bakarım. Ama Allah'a şükürler olsun, bana vermiş. Yirmi kuruş harcanması da iş mi? Fakat ben kızımı çıkarıp bir seyre göndersem, kız güzel, herkes arabanın arkasına düşecek. Kimi yüzüne bakıp bıyık buracak, kimi sigara atacak, kimi bilmem ne halt edecek! Benim gayretim, namusum böyle rezaletlere tahammül edemez. Bizde şimdi edep kalmadı, namus kalmadı. Senin seyir yerleri dediğin yerler rezalet yerleridir. Edepsiz, namussuzlar mahalleridir. Öyle yerlere kız gönderilir mi? Ben erkeğim, ihtiyarım da yine öyle yerlere gitmekten sakınırım. Çünkü bilirim ki namusuma zarar verir, ırzıma halel getirir. Nerde kaldı ki on beş yaşında bir kız öyle yerlere gitsin!

— Öyledir, hakkın var. Ama modalar, alafrangalar böyle şeyler çıkardılar, ne yapalım?

— Affedersin bu alafranga da değil, alafranga bunu kabul etmez. Hiç Kâğıthane'de, Veliefendi'de,[1] öyle yerlerde hiçbir vakit bir madam gördünüz mü?

— Ben mi göreyim? Ben gider miyim öyle yerlere?

— Gidenlerden sorabilirsin. Madamlar çıkarlar, erkeklerin meclislerine girerler, kahvelerde otururlar. Fakat bir madam kocasını yahut biraderini ya da babasını koluna alıp, vakarlı bir şekilde yürüyerek ırzına halel getirmeyecek bir yere gidip edeplice oturur. Hiç kimse yüzüne bakmaya cesaret edemez. Halbuki bizimkiler öyle değil. Biz karılarımızı, kızlarımızı bir arabacıya teslim edip Allah'a emanet... Nereye götürürse götürsün...

— Orası öyle, ama hiç olmazsa arada komşulara göndermelisin.

— Ee, komşuya gittiğinde komşu hanım "Bu cuma gel, Kâğıthane'ye gidelim" diyecek, kandıracak. Nihayet olmaz! Sen benim kız gibi öyle uslu, olgun bir kız, bir kadın tanırsan getir kızla görüşsün, konuşsun ki kız da ondan bir şeyler istifade etsin. O vakit ben sana ne diyebilirim? Yoksa başka türlü olmaz. Ben bu kızı on beş sene var ki böyle saklıyorum. Babası da benim, anası da... Fena mı terbiye vermişim? Eğer verdiğim terbiye fenaysa bu usulü değiştireyim. Fakat zannederim ki değil.

— Aaa, ben öyle mi dedim! Ben kız sıkılıyor diyorum. Yoksa...

— Yok, sıkılmaz o. O zaten gezmek ne demek bilmez ki. Onu seyre göndersem bile gitmez.

Şerife Hanım'ın Hacı Baba'ya vereceği cevap kalmadığından, bir iki dakikalık sükûttan sonra kalkıp gider.

---

1 Eski İstanbul'un mesire yerlerinden, Bakırköy ilçe sınırları içerisinde.

Tebdil-i kıyafet

Gelelim yine Talat Bey'e... Talat Bey'i, hatırlarsınız, büyük bir hüzün ve keder içinde bırakmıştık. Evet, biçare öyle keder içinde yukarı aşağı dolaşırken bir gün Hacı Baba'nın dükkânından bir kadının çıkıp Aksaray'a doğru indiğini görür. Talat ne yapacağını şaşırmış ya, bu kadının arkasına düşer. Kadın Aksaray'a iner, Muratpaşa'dan geçer, Yüksekkaldırım'a çıkar. Talat Bey arkasını bırakmaz. Nihayet Odabaşı'na[1] yakın giderler. Kadın bir kapıyı çalar, ufak bir eve girer. Talat Bey ileri gider, bir sakaya rast gelir:

— Saka baba, burada bizim ..... efendinin evi var. Galiba şu köşedeki olmalı, değil mi?

— Yoğ, o nağış ustası Şerufe Hanum'un evüdür.

— Tuhaf! Ya onun evi nerede olmalı acaba?

— Bu mahallede öyle adam yoğ.

— Yanlış tarif etmişler öyleyse.

Talat Bey'in amacı Hacı Baba'nın dükkânından çıkan kadını anlamak ve bu vasıtayla belki maşukasından bir ipucu almaktı. Bu kadının nakış ustası olduğunu anladı. Kendi kendine, "Ha, kıza nakış öğretmeye gidiyor. Bunu yalnız bulup da sırrımı açsam... Yok yok, o olmaz. Fakat mademki ustası, kız elbette bazı zamanlar bunun evine gelecek. Yolda rastlasam da kendisine muhabbetimi arz etsem... Fakat ne diyorum? O kapıdan çıkmaz da buraya kadar mı gelecek!.." diyerek ve bin türlü hayal kurarak geri döner. Zihninde görüşmeye hiçbir yol, hiçbir vasıta bulamaz. Birden, Muratpaşa Camii'nin önünden geçerken, bir kadın gözüne ilişir. Vuslata nail olmak için bir kadın kılığına girmek gerektiği hayalinde canlanır. "Ah, sahiden, kadın kılığına gireyim. Nakış öğrenmek bahanesiyle bu

---

1 Fatih ilçesi, Aksaray semtinde bulunan Muratpaşa Camii civarından hareketle, Molla Gürani Mahallesi'ndeki bugün aynı adla anılmayan Yüksekkaldırım'dan Şehremini'ndeki Odabaşı Behruz Ağa Camii'nin de olduğu Odabaşı'nda biten bir güzergâh.

nakış ustasına gideyim. Evini öğrendim ya, sonra ötesi kolay. Oh! Ne güzel aklıma geldi! Ne kolay şey! Oh oh, bıyığım, sakalım yok, boyum kısaca. Aa... Saçım yok! Fakat bir perukçudan satın alırım. O da oldu. Pek güzel. Bir ferace, bir de yaşmak... Lakin yok, yaşmağı takamam. Doğrusu... Ha, yüzüme siyah bir yazma yemeni, arkama da bir çarşaf... İşte bu kolay. Sokakta da kimse tanımaz. Nasıl daha önce böyle bir şey aklıma gelmedi?.." diyerek ümitsizlikten ümide döner. Tebdil-i kıyafeti zihninde kurdukça kurar. Evine gider, bütün gece uyumaz, teşebbüs edeceği işin hazırlıklarını düşünür. Ertesi gün sabahleyin kalkar, gece kurduğu hayal üzere Beyoğlu'na geçer. Bir modist[1] dükkânından kendi saçına uygun bir takma saç alır. Oradan dönüp Bedestan Kapısı'na[2] gelir. Biraz kullanılmış bir kat kadın elbisesi yani bir gömlek, bir entari, bir şalvar, bir çarşaf ve bir de yazma yemeni alır. Bir ufak bohça yapar, bir çocuğun eline verir. Beyazıt'a doğru çıkar. Bir de saate bakar ki beşi geçmiş. O günün tebdil-i kıyafete müsait olmadığını anlar. Aşağı iner. Bohçayı mühürler, tanıdığı bir dükkâna bırakır. Hacı Baba'nın dükkânı önünden geçerken bir de cumbaya göz atar. İşte bu göz atması boşuna gitmez. Fakat Talat Bey zihninde vuslatı kurmuş, böyle uzaktan görmek kendisine o kadar tesir etmez. Kızın da böyle daima pencerede oturmasına şaşakalır. Bilmez ki kendisinin müptela olduğu derde, biçare kız bir ay evvel müptela olmuş.

Talat Bey evine gider, erken kalkayım diye erkenden yatar. Fakat uyku nerede... Her bir tarafa döner, hayaller kurar. Tebdil-i kıyafet etmek için zihniyle gizli bir yer arar. Şehzadebaşı'nda[3] bunların bir evi vardır, aslında Saliha Hanım'ın pederinin evidir. Bu evi kiraya verirlerdi. Fakat o aralık boştu. Hem bu evin arka tarafında dar bir sokakta bir kapısı vardı ve bu kapı hiçbir taraftan görünmezdi. İşte

---

1 Moda eşyası satan, terzi.

2 İstanbul Tarihi Yarımada'da yer alan Kapalıçarşı'daki kumaşçılar bölümü.

3 İstanbul'un Fatih ilçesinde bir semt.

orası Talat Bey'in aklına gelir, oraya gidip tebdil-i kıyafet etmeyi kurar. Sabahleyin kalkar, annesine, "Eve çoktan beri bakmadık. Anahtarı verirseniz gidip gezeyim bir defa" diyerek anahtarı alır, dışarı çıkar. Evvelsi gün bir dükkâna bıraktığı bohçayı gider alır. Oradan Şehzadebaşı'na gider. Söylediğimiz dar sokağa girer. Evin kapısını açar ve içeri girer. Bir dolapta kırık bir ayna bulur. Bu aynayı önüne alıp bohçayı açar. Evvela modist matmazelin tarif ettiği gibi saçlarını uydurur, elbiseleri giyer. Güzel bir kız kılığına girer. Erkek olduğu hiç belli olmaz. Talat Bey sevincinden çıldıracak! Aynaya bakarak kendi kendine "Kimse fark edemeyecek. Ah, işte aynı kız gibi! Ben de kız olsaydım güzel bir kız olacakmışım. Oh, bugün görüşeceğiz. Adını belleyeceğim. Oh, ne tatlı adı olmalı! Ne güzel ismi olmalı! Nihayet görüşeceğiz, konuşacağız. Ah, hiç aklım almıyor... Fakat belli olursam rezil rüsva olacağım!" diyerek yüzünü yemeniyle örttü, çarşafa büründü. Eline ufak bir kadın şemsiyesi aldı, çıktı. Kapıyı kapayıp anahtarı cebine soktuğu gibi soluğu Odabaşı'nda aldı. Giderken yolda rastladığı çapkınların buna işaretler ettiklerini, laf attıklarını, omuz vurduklarını bırakalım da ilerisine bakalım.

Nakış Dersi

Talat Bey, Şerife Kadın'ın kapısına gittiğinde kapıyı çalar, ardından kapı açılır. Yukarı çıkar. Çarşafı, yemeniyi çıkarır. Gösterdikleri ufak bir odaya girer. İhtiyar bir kadının oturup bir iki kıza nakış öğrettiğini görür. Selam verip bir köşede oturur. Dizleri tir tir titriyor, korkuyor. Ettiğine bir an pişman olur. İstikbalini düşündükçe teselli olur. Biraz sonra kızlar gider. O zaman Şerife Kadın, Talat Bey'le şu konuşmayı açar:

— Siz kim oluyorsunuz kızım? İsminiz nedir?

Talat Bey kendi ismini evvelce düşünmüştü. Sesini kız sesine benzetmeye çabalayarak:

— İsmim Ragıbe'dir, bir müderris[1] kızıyım. Anam on beş sene evvel ölmüş, beni ufak bırakmıştır. Babam beni okumaya yazmaya çalıştırır. Nakışa dikişe çok hevesim var ama bırakmıyor. "Onlar bir işe yaramaz, sen okumaya yazmaya bak" diyor.

— Suphanallah! Kadın müderris olmayacak, kâtip olmayacak. Kıza o kadar okumak yazmak ne lazım? Kızlara öncelikle lazım olan şeyler dikiş dikmek, nakış işlemek vesaire böyle şeylerdir. Yazı da fena değil. Demem ama...

— Nihayet geçenlerde halam da gelmişti. Pederi güç bela kandırdık ki bana biraz dikiş, biraz nakış tahsil ettirsin. Bir nakış ustası aradık. Sizi çok methettiler. Onun için geldim, size rica edeyim...

— Peki kızım, peki. Hiç nakış dersi almadın mı?

— Anacığım, hiç şimdiye kadar elim iğne tutmadı. Siz himmet edeceksiniz de...

— Yazık kızım, böyle güzel lakırdı söylersin. Böyle güzel, uslu bir kız nakış bilmesin... A, peder efendi iyi etmemiş... Fakat merak etme kızım, bu zekânla, bu aklınla hiç şüphem yok ki az zaman içinde pekâlâ öğreneceksin. Fakat siz buraya geleceksiniz, değil mi?

— Evet evet, bendeniz gelirim.

— Çünkü ihtiyarladım kızım, bir yere gidemiyorum. Şimdi hemen başlayalım kızım. Dışarıda boş bir gergef var, onu getir bana.

Ragıbe Hanım kalkar, gergefi alır, Şerife Kadın'ın önüne götürür.

— Şu dolabı da aç, üst katında bir çevre var onu getir. Şu kutuyu da getir.

Ragıbe Hanım hepsini getirir, önüne bırakır.

— Şimdi bak kızım, ben şu çevreyi nasıl gereceğim, sen de evinde öyle gereceksin.

Şerife Kadın çevreyi gerdikten sonra kutuyu açar, iğne iplik çıkarır. İşlemeye ve her şeyi tarif etmeye başlar. Ragıbe

1 Medrese ve büyük camilerde ileri seviyede ders okutan icazetli âlim, medrese hocası.

Hanım, yani Talat Bey, gözlerini gergefe diker. Kâh nakşa dikkat eder, kâh işin nasıl ileri varacağını düşünür ve kâh hilesinin meydana çıkmasından korkar. Yüzü her dakikada bir renk alır. Nihayet biraz sonra ders biter. Ragıbe Hanım kalkar, çarşafa bürünür, çıkar gider.

Yüksekkaldırım'dan inerken bakar ki kendi kalemindeki efendilerinden biri de karşısında yürüyor. Bir de, bu adam buna yanaşır, baş eğip dikkatle yüzüne bakar, işaretler eder. Talat Bey bir taraftan "Beni tanımasın" diye korkar. Bir taraftan da herifin bu türlü rezilce hareketleri canını sıkar. Yakasını kurtarmak ister, fakat herif ayrılmaz ki... Talat Bey hızlı gider, o da hızlanır. Talat Bey yavaş gider, o da öyle yapar. Talat Bey'in canı sıkılır, herife çıkışmak ister fakat cesaret edemez. Kendine de uygun düşmez. Kendi kendine:

— Ah biçare kadınlar, neler çekermiş! Biz erkekler onları kukla değerinde kullanıyoruz. Yolda serbest ve rahat yürümelerine mani oluyoruz. Bu ne rezalet! Ne küstahlık! Bir erkek tanımadığı bir başka erkeğe rastlasa yüzüne bakmaz, söz söylemez. Lakin tanımadığı ve daha önce görmediği bir kadına rastladığı anda gülerek yüzüne bakmaya, söz söylemeye başlar ve kovsalar bile yanından ayrılmaz. Demek oluyor ki biz, kadınları insan sırasına koymuyoruz. Kendimizi eğlendirmek için onların ruhunu sıkıyoruz. Serbest gezip dolaşmalarına ve eğlenmelerine mani oluyoruz. Ve bir taraftan da kendimizi onlara güldürüyoruz. Çünkü bazı kurnaz kadınlar var "Bu ne budala şeymiş, dur bununla biraz eğlenelim" diyerek bizi maymun gibi oynatırlar. Seyir yerlerinden evlerinin kapısına dek arabanın arkasından toz duman içinde götürürler. Ahlak ve âdetlerimizi bilmeyen biri, bir kimseyi bu halde görse elbette "delirmiş" diyecek.

Talat Bey bu düşünceyle Şehzadebaşı'ndaki evinin kapısına dek gider. Bir de bakar ki aynı adam arkasından geliyor. Talat anahtarı çıkarır, kapıyı açar, içeri girip yine kapar. Yukarı çıkarak çabucacık kadın elbisesini çıkarır, kendi giysisini giyer. Girdiği kapıdan değil de sokak kapısından çıkıp kaleme gider. Her zamanki gibi akşam saat altı buçukta evine gider. Ertesi gün yine bu minval üzere öğlene doğru saat on birde Şehzadebaşı'na gidip tebdil-i kıyafet ettikten sonra nakış ustasının evine gider. Oradan yine Şehzadebaşı'na döner. Tebdil-i kıyafet ettikten sonra kaleme gider. Velhasıl dört beş gün böyle geçer.

Ders Sevdası

Şerife Kadın bir gün Fitnat Hanım'la nakış dersinden sonra konuşurken der ki:

— İki gündür evime bir kız geliyor. On yedi on sekiz yaşlarında. Nakış bilmez, lakin bir okuması, bir yazması var ki ben hiç öyle kız görmedim. Beş dakikada koca bir gazeteyi baştan başa okur. O zekâ, o akıl, o erkek gibi söz söylemesi... Allah vergisi bir şey.

— Nakış nasıl öğrenememiş şimdiye kadar?

— Babası bırakmamış. Fakat o zekâyla nakışı da öğrenecek. İki günde iğneyi kullanmaya epey alıştı.

— Ah, insan okuma yazma bilince her şeyi kolay öğrenir. Ah, ben böyle kör kaldım.

— Hiç okuma bilmez misin kızım?

— Okurum biraz ama okuduğumu anlayamam ki...

— Bir şey yapalım öyleyse. O kıza söyleyeyim buraya gelsin bazen, sana ders öğretsin sen de ona nakış gösterirsin. Onun da nakışa çok hevesi var. Olmaz mı?

— Ah, öyle olsa... Ne güzel! İsmi nedir o kızın?

— Ragıbe Hanım.

— Ne güzel isim! Ah usta kadın, şu ders işini uydursak!.. Çok hevesim var biraz yazı öğrenmeye.

— Peki kızım, peki.

Şerife Kadın kalkıp gider. Giderken Hacı Baba'ya der ki:

— Sizin kızınızla görüşecek kız buldum. Gayet olgun, uslu bir kız. Okumayı yazmayı da çok güzel bilir. Hatta Fitnat Hanım ondan ders almak hevesindedir, o da biraz nakış gösterir. Çünkü nakış bilmez biçare.

— İşte şimdi beni memnun ettin. Gördün mü? Gelmesin yahut kızım onun evine gitmesin dedim mi? Ben yaptığımı bilirim. Herkesin kadrini anlarım.

Fitnat Hanım sevincinden çıldıracak! Ders okumaya o kadar heveslenir ki ertesi günü dört gözle bekler. Bir saat bir yıl kadar görünür. Kendi kendine, "Ah, ben okuma yazma öğreneceğim. Sonra kitaplar, gazeteler alıp okuyacağım. İstediğim şeyi yazabileceğim. Oh, ne güzel! Ne güzel! Ragıbe Hanım'la görüşeceğiz. Kâh konuşacağız, kâh beraber gergef işleyeceğiz, kâh bana ders verecek... Ah, şükür yarabbi! Yine ders almaya başlayacağım! Ah, ders ne kadar tatlıdır. Küçükken mektebe giderdim, ders okurdum. Ne güzeldi o vakitler! Nihayet yine derse başlayacağız. Bakalım Ragıbe Hanım nasıl bir kız? Güzel olmalı. Şüphem yok. Şerife Kadın o kadar metheder. Hem Şerife Kadın öyle her göreni methedenlerden değil..."

Nihayet Fitnat Hanım o günü bu düşünceyle akşam eder. Gece de bütün hayali derstir. Rüyasında da dersi görür, dersi ve Ragıbe Hanım'ı sayıklar. Ertesi sabah bile "Bu iki üç saat ne zaman geçecek?" diye sabrı kalmaz. Bu böyle kalsın.

Tesadüfe Bak

Şerife Kadın, Fitnat ile Hacı Baba'ya okuryazar bir kız getireceğini vaat ettikten sonra evine gider. Ragıbe Hanım'ı da orada bulur. Talat Bey'in Ragıbe Hanım isim ve kıyafetini kullanmasının sebebi malumumuzdur. Nakış öğrenmeye gittiği bir vasıtaydı. Talat bu vasıtayla asıl maksadına nasıl nail olacağını düşünüyordu. Şerife Kadın'a bir bahaneyle söz açtırmak ister. İşte Ragıbe Hanım bu düşüncedeyken Şerife Kadın gelip oturduktan sonra:

— Kızım, ben sana her gün yahut iki günde bir nakış gösteriyorum. Ama senin de senden iyi nakış bilen bir kızın yanına gidip bir iki saat beraber çalışman gerekir. Sen onun işlediğini görürsün, o senin işlediğini görür. Bu şekilde çok kolay öğrenebilirsiniz. Ben sana bir kız göstereyim, pek uslu ve gayet olgun bir kız. Çok güzel nakış bilir. Hem derse de çok hevesi var. Sen de ona biraz ders, biraz yazı gösterirsin, olmaz mı?

Talat Bey'in zihni daima maşukasıyla meşgul olduğundan Şerife Kadın'dan bu sözü işittiği gibi bu kızın maşukası olacağını umarak ve yüzünde bin renk meydana çıkarak, sesi titreyerek:

— Bu kızın... evi nerededir? Kimin kızıdır? dedi.

— Laleli'ye yakın bir tütüncünün kızıdır. İsmi Fitnat Hanım ve babasının ismi Hacı Mustafa'dır. Belki tanırsın?

Talat Bey'in bu sözü işitince ne hale gelmiş olacağını tahmin edersiniz. Biçare, kendini bütün bütün kaybeder. Şerife Kadın'ın sorusuna bile cevap veremez. Nihayet birkaç dakika böyle geçtikten sonra:

— Ne vakit gideceğiz? dedi.

— Şimdi oradan geliyorum. Yarın inşallah biraz erkence teşrif edersiniz de beraber gideriz. Babanıza da sorarsınız.

— Babam ne diyecek!

Talat Bey, böyle zahmetsizce maşukasıyla görüşeceğini hiç ummazdı. Artık feleğe nasıl teşekkür etmesin, bahtından ve talihinden nasıl hoşnut olmasın... Lakin âşığın gönlünde insaf yok! Talat Bey hemen o gün ve belki o saat gidip görüşmek isteyecekti. Fakat gördü ki Şerife Kadın doğru oradan geliyordu. O gün yine oraya gitmek imkânsızdı. Bu düşünceyle Talat Bey o gün gitmeyi zihninden çıkardı. Kendi kendine "Acaba bugün geçecek mi? Yarınki gün gelecek mi? Ben öyle bir güne, öyle bir saate yetişecek miyim?" diyerek düşünmekteyken Şerife Kadın gergefi önüne alıp:

— Gel kızım, sana biraz nakış göstereyim, dedi.

Talat Bey kalktı gergefin yanına gitti. Gözlerini gergefe diktiyse de gergefi görüşmeye bir vasıta saymıştı. Görüşmek mutluluğuna nail olacağını anladığı anda artık gergefe hiç dikkat etmeyip veyahut edemeyip derin hayallere daldı.

Nihayet nakış biter. Talat Bey kalkar, çıkar. Gider, kıyafetini değiştirir. Oradan kaleme gider. Kalemde bir iki mektup yazınca biraz vakit geçer. Kalemden çıkıp Laleli'den aşağı inerken cumbaya bir göz atar. "Bunca zamandan beri böyle hasretle bakmakta olduğum bu cumba... Ah, yarın bu cumbanın içine gireceğim. Acaba sahiden başaracak mıyım? Hele yarın gelsin de..." diyerek geçip evine gider. Artık akşam oluncaya kadar o bir iki saat Talat'a bir iki ay gibi görünür. Her beş dakikada saatine bakar. Mümkün olsa saatin akrepleriyle kavga edecek. Nihayet akşam da olur. Yemek yerler. Biraz sonra da Talat yatar. Lakin zihni meşgul, gözleri kapanmaz. Vakit çabuk geçsin diye uyumak ister, ama uyuyamaz. Her on dakikada kalkar, saatine bakar. Pencereden yıldızlara bakar. Lakin o vakit hâlâ nisanın başı, gece çok kısa değil. Güç bela saat sabahın dördünü bulur. O vakit biçare çocuğun zihni hayallerden yorulur kalır, gözleri kapanır. Biraz rüyalarla uğraşır. Bir de gözlerini açar bakar ki gündüz olmuş. Pencerelerin beyaz perdeleri yeni doğmuş güneşin yansımasından çok tatlı bir kırmızı renk almış. Talat Bey kalkar, giyinir. Kahveyi içtiği gibi soluğu Şehzadebaşı'ndaki evinde alır. Orada tebdil-i kıyafet eder. Ama o gün her günkü gibi değil, o gün büyük bir sevdayla, büyük bir dikkatle giyinir. Bayağı güzel bir kız şeklini alır.

Görüşme

O sabırsızlığıyla, o kararsızlığıyla beraber Talat Bey orada giyinerek, aynaya bakınarak iki saati geçirir. Bir de saatine bakar ki on buçuğa gelmiş. Hemen bürünür, çıkar. Doğru Şerife Kadın'ın evine gider. Biraz oturduktan sonra Şerife Kadın da yaşmaklanır[1] beraber çıkarlar. Yavaş yavaş yürüyerek ve konuşarak Laleli'ye gelirler. Ragıbe Hanım'ın, yani Talat Bey'in, Hacı Baba'nın dükkânını gördüğü gibi kanına fevkalade bir hareket gelir, dizleri titremeye başlar. Hele dükkânın ortasından, Hacı Baba'nın önünden

1 Yaşmağa bürünmek, yaşmakla örtünmek.

geçerken Talat Bey'in ne hale geldiğinin tarifi imkânsızdır. Kendini biraz teskin etmek ister ama elinde değil. Vücudu tir tir titrer, nefesi tıkanır, kalbi vapur makinesi gibi işlemeye başlar. Bir saniye sonra nail olacağı mutluluğa hâlâ inanamaz. Rüya olmasın diye gözlerini yoklar. Bütün bu şeyler merdiveni çıkarken olur. İşte iki misafirimiz merdiven başında. Fitnat Hanım bütün gece dersi ve Ragıbe Hanım'ı sayıklamış ve sabahtan beri Şerife Kadın'ı dört gözle beklemişti. Birden başını kapıya doğru çevirip merdiven başında Şerife Kadın'ı ve arkasındaki küçükhanımı gördüğü anda kapıya fırlar. Şerife Kadın:

— İşte size söylediğim hanım kızı getirdim, diyerek odaya girer ve yaşmağını biraz indirerek bir köşede oturur.

Fitnat Hanım sevincinden uçacak! Ragıbe Hanım'ı elinden tutup içeri götürür. Çarşafını, yemenisini alır bir tarafa koyar ve yine Ragıbe Hanım'la el ele tutuşarak yan yana otururlar. İşte bizim Talat bunca zamandır sayıkladığı sevgilisinin yanında oturmuş, eli Fitnat'ın o pamuk gibi ellerinde kapanmıştı. Fitnat'ın o güzel sesi Talat'ın kulağına aksediyor. Fakat Talat'ın o vakit ne halde olduğunu tarif etmek doğrusu imkân haricinde. Yanaklarında her bir saniyede yüz renk belirir. Bir kıpkırmızı olur, ansızın sapsarı olur, bembeyaz olur, yine kırmızı lekeler belirir. Vücudu ve özellikle Fitnat Hanım'ın elindeki eli durmaksızın titrer. Fitnat Hanım'ın nazik sözlerine bir karşılık bulamaz. Söylediği eksik karşılıkları da sesi titreyerek, kızararak, sarararak ancak söyleyebilir. Fitnat'ın yüzüne bakmaya cesaret edemez.

Fitnat Hanım da bu görüşmeden bütün bütün etkilenmemiş değildi. Onda da başka türlü bir tesir görünüyordu. Çünkü o da biçare Talat'a âşıktı. Her ne kadar Talat'ı uzaktan görmüş ve kılık değiştirmiş olması teşhisine mani oluyorduysa da Talat'ın çehresinin aksi gönlünün aynasında öyle bir yer tutmuştu ki küçük bir benzerliği bile fark edebilirdi. Fitnat Hanım, Ragıbe Hanım'ı gülerek, sevinerek karşıladığı halde yemenisini kaldırıp yüzünü görünce kendine bir hal oldu. Kanı öyle harekete geldi ki az kaldı kendini kaybedecek, felç geçirecekti. Fakat Fitnat hemen kendini toparlayarak ve tebdil-i kıyafet hiç aklına gelmeden işi yalnız benzerliğe yorarak Ragıbe Hanım'ı elinden tutup oturdu. Ve kâh Ragıbe Hanım'la nazik nazik konuşup, kâh yüzüne bakarak kendi kendine, "Bu ne benzerlik!.. Bu ne kadar benzeyiş! İşte, aynı sokakta gördüğüm çocuk... İşte aynı boy, aynı çehre, aynı kaş, aynı göz, aynı burun, aynı yanak, aynı ağız! Suphanallah! Ben sanki bu kızı evvelden görmüş gibiyim, sanki tanıdığım biriymiş. Tuhaf, ben bunu nerede gördüm?.. Yok yok, hiç görmüşlüğüm yok. Fakat işte ona benziyor. Onu görmüşüm ya. Onun için bunu da görmüşüm gibi gelir. Bunu hiç görmemişken mademki onu görmüşüm ve severim ve mademki bu da ona benzer, bunu da görmüş gibiyim ve adeta bunu da seviyorum. Fakat bu benzeyiş... Kız kardeşi olmasın? Hele dur bakalım, onu sonra anlayacağız..." der.

Fitnat Hanım bu düşünceyle Ragıbe Hanım'ın yüzüne bakar ve baktıkça tesiri artıp Talat'ın haline yakın bir hale gelmeye başlar. İşte bunların ikisi bu halde: Talat tamamen kendini kaybetmiş; Fitnat da ders konusunu bütünüyle aklından çıkarmış, yukarıda söylediğimiz hayal ve düşüncelere dalmıştı. Öyle ki resmi birkaç lakırdıdan sonra ikisi el ele tutuşmuş oldukları halde düşünmeye varıp hiçbiri sessizliği bozmaya cesaret edemiyordu. Nihayet Şerife Kadın:

— Kızım, siz kardeşsiniz. Bundan böyle inşallah her gün görüşürsünüz. Hem konuşursunuz, hem derslerinize, nakışlarınıza bakarsınız. Aranızda resmiyet yoktur artık. Şimdi Fitnat Hanım sen gergefi getir, göreyim ne işlediniz de ben gideyim, işim var. Siz beraber konuşursunuz sonra, diyerek düşünmelerine son verdi. Bunun üzerine Fitnat Hanım kalkıp gergefi getirdi. Şerife Kadın baktı, Ragıbe Hanım'a hitaben:

— İşte bak, maşallah! Fitnat Hanım pek güzel nakış işliyor. Siz de onun sayesinde pek güzel öğreneceksiniz. O da sizden yazmayı öğrenecek. İşte kızlarım, siz birbirinize lazımsınız.

— Fi... Fit... Fitnat Hanım'ın sayesinde bu kadar değil, bunun yarısı kadar öğrenebilsem kendisine ömrüm oldukça teşekkür edeceğim.

Fitnat Hanım bir tebessümle Ragıbe Hanım'ın elinden tutarak:

— Estağfurullah! Ben size teşekkür etmeliyim, sayenizde adam olacağım. Okuma yazma öğreneceğim. Yoksa siz istediğinizde nakışı bir hafta içinde öğrenirsiniz.

— Estağfurullah!

Bu konuşmadan sonra Şerife Kadın işlemeye başladı. Fitnat Hanım da gözlerini nakışa dikip dikkatle bakıyordu. Bizim Ragıbe Hanım, yani Talat Bey, o zaman ilk defa doğrudan doğruya Fitnat Hanım'ın yüzüne bakmaya vakit bulur. Bakar, baktıkça daha bakmak ister. Gözleri doymaz, her uzvunu ayrıca inceler. Her birinde başka bir güzellik bulur. Baka baka gönlüne bir hüzün geldi, gözleri yaşla doldu. Hemen gözlerini sevdiğinin yüzünden çekip nakışa bakmaya başladı. Nihayet nakış da biter ve Şerife Kadın kalkıp gider.

Baş Başa Konuşmak

Fitnat Hanım, Şerife Kadın'ı merdiven başına dek uğurladıktan sonra dönüp Ragıbe Hanım'ın yanına gelir, oturur. Ragıbe Hanım'ın elini tutarak ve yüz ifadesiyle büyük bir iltifat ve muhabbet göstererek:

— Görüştüğümüze ne kadar teşekkür ederim. Sizi çok sevdim. Allah bilir ki sizi on seneden beri tanıyor gibi sevdim.

— Teşekkür ederim, insaniyetinizdendir. Bendeniz de Allah bilir ki sizi görür görmez kız kardeşim gibi sevdim. Nezaketinizin, letafetinizin gereği...

— Aman kardeşim! Bundan böyle bizi unutmayın, sohbetinizden mahrum bırakmayın. Rica ederim, mümkün olursa her gün görüşelim. Ah!.. Ben gece gündüz yalnız. Buraya Şerife Kadın'dan başka kimse gelmez. Ben de çıkamıyorum, babam çok titizdir. Fakat size gelmek için umarım bir şey söylemez. İnşallah bendeniz de size gelirim.

— Gerek yok elmasım, bendeniz her gün gelirim. İnşallah derse de başlarız.

— Teşekkür ederim. Ah, bu ne iyilik! Hem buraya kadar gelmek, hem bana ders vermek!.. Ve özellikle her şeyden tatlı olan sohbetinizle bizi onurlandırmak!

— Estağfurullah! Bendeniz zaten nakışa çok meraklıyımdır. Siz kabul buyurduğunuz halde her gün gelmek canıma minnet!

— Kız kardeşiniz var mı?

— Hayır.

— Kardeşiniz?..

Talat Bey bu sualin sebebini hemen anlayarak:

— Evet, benden bir yaş büyük bir kardeşim vardır, dedi.

— Bazen setre[1], bazen kısa bir mor ceket, dar bir pantolon giyiyor, sizin boynuzda, size çok benziyor değil mi?

— Evet, evet.

— Buradan geçerken görmüştüm, ne güzel çocuk! Ne mahcup! O yürümesi, o... Pek hoşuma gider.

Bunlar böyle tatlı tatlı konuşmaktayken Emine Kadın kapıdan girer:

— Hoş geldin kızım, hoş geldin, diyerek oturur.

Ragıbe Hanım, Emine Kadın'ın elini öper. Emine Kadın biraz sonra Fitnat Hanım'ın kulağına fakat kapının dışarısından bile işitilecek bir şekilde:

— Şerife Kadın'ın dediği kız bu mu? dedi.

Fitnat Hanım gülerek:

— Evet, hanımefendidir, dedi.

— Okuma yazma bilen bu ha?

— Evet, evet.

— Ha, maşallah! Bu yaşta o kadar okuma yazma! Hem güzel de... Kime nasip olacak! Bunu alacak adam ne bahtlı!

---

1 Eskiden daha çok resmi dairelerde giyilen, düz yakalı, önü ilikli, etekleri uzunca, Avrupa kesimi bir tür ceket.

Emine Kadın'ın kendi kendine ve yavaş söylemek istediği ve sağır olduğundan bağırarak söylediği bu sözlerden kızlar birbirlerine bakarak gülerler. Emine Kadın bir iki masal daha anlattıktan sonra kalkıp mutfağa gider. Talat Bey her ne kadar Fitnat Hanım'ın yanından gitmeye razı olmasa da güneşin batmaya yaklaştığını gördüğünde saatine bakar. Altıyı geçtiğini görür:

— Şimdi bendeniz gideyim, yarın kitap da getireyim, evimde vardır. Yarın ders de yaparız inşallah.

— İnşallah! Teşekkür ederim. Ama niçin gidiyorsunuz, erken değil mi daha?

— Aman saat altıyı geçmiş.

— Altıyı geçmiş! Ne vakit geçti bu kadar saat!

Bu iki kızcağız dudak dudağa öpüştükten sonra Ragıbe Hanım çarşaf, yemeniye bürünür. Bürünürken Fitnat Hanım'a nazikçe birçok söz söyler ve ondan bin kat daha tatlılarını işitir. Çünkü o ilk mahcubiyet, korku iki taraftan da gitmişti. Her biri diğerinin gönlünü güzel sözlerle hoş etmek istiyordu. Hem kimin gönlünü? Biri sevdiği kızın, diğeri aslında sevdiği erkeğin ama görünürde sevdiği erkeğin kız kardeşinin gönlünü yapmak istiyordu. Her biri diğerinin muhabbet ve teveccühünü kazanmak istiyordu. Ragıbe Hanım büründükten sonra ikisi el ele tutuşup merdivenin alt başına kadar inerler. Orada vedalaştıktan sonra Ragıbe Hanım çıkar. Aceleyle Şehzadebaşı'na gidip tebdil-i kıyafet ettikten sonra evine gider.

Aşkın Gücü

Talat bu görüşmeyi, Fitnat Hanım'ın kendisini o kadar iyi karşılamasını, o iltifatlarını, o güzel sözlerini, hele o gideceğine yakınki öpüşmeyi aklına getirdikçe zavallı çocukcağız sevincinden çıldıracak gibi oluyordu. O gün daima yüzü dudağı gülüyordu. Yalnız Fitnat Hanım'ın kendisine gerek kız ve gerek erkek (Ragıbe'nin erkek kardeşi) olarak gösterdiği sevgiyi ve bu sevginin şiddetini hatırladıkça o kadar etkilenirdi ki gözlerinden sevinçten mi yoksa hüzünden mi, her nasılsa gözyaşları dökülürdü. O gece Talat Bey'in bütün rüyaları Fitnat Hanım'la görüşmekten ibaretti.

Gelelim Fitnat Hanım'a... Fitnat, Ragıbe Hanım'ın, sevdiği oğlanın kız kardeşi olduğunu öğrendiğinde bu kadar benzerliği kardeşliğe yormuştu. Artık şüphesi kalmamıştı. Fakat Fitnat Hanım, Ragıbe Hanım'a mı yoksa kardeşine mi âşıktı? Kendisi de farkında değildi. Çünkü pencereden Talat Bey'i görünce ne kadar etkileniyorsa Ragıbe Hanım'ı görünce de o kadar etkileniyordu. Sanki Ragıbe Hanım, Talat Bey'in resmiymiş. Zavallı kız işin aslını bilmiyordu. Yoksa Ragıbe Hanım'ın sevdiği gencin kız kardeşi yahut resmi değil de aynı kişi olduğunu bilseydi aşkı böyle çatal olmayacaktı.

Talat ile Fitnat ayrıldıktan sonra Talat'ın aklına gelenleri anlatmıştık. Peki ya Fitnat Hanım, Ragıbe Hanım gittikten sonra neler düşünmüştü? O gece ne hayaller kurmuştu? Rüyasında neler görmüştü? Bunu da anlatalım: Fitnat Hanım, Ragıbe Hanım'ı merdivenden indirip uğurladıktan sonra yukarı çıkmış ve pencereden de gözleriyle uğurlamıştı.

"İşte, yürümesi de aynı kardeşinin yürümesi!.. Bu kadar birbirine benzeyen iki kardeş de görülmemiş şey! Yüzleri ve yürümeleri aynı olduğuna göre huyları da aynı olmalı, kardeşi de böyle nazik ve kibar olmalı, onun da sözü sohbeti böyle tatlı olmalı. Acaba bunlar da herkes gibi bir ana babadan mı doğmuşlar yoksa gökten inmiş melekler mi? Ne garip, insan iyi insanları bir kere görünce seviyor ve yanlarından ayrılmak istemiyor. Ah, bir münasebetim olaydı da bu iki kardeşten bir dakika bile ayrılmayaydım. Gerçi kızla görüşüyorum, inşallah her gün görüşeceğiz. Fakat ah, kardeşiyle de görüşmek mümkün olsaydı. Bir yanımda Ragıbe Hanım, bir yanımda kardeşi olsa ve ben de aralarına otursam, tatlı tatlı konuşsak. Off!.. Ne imkânsız şeyler geliyor aklıma. O erkek, genç bir delikanlı... Bense bir kız, nasıl görüşebiliriz? Yok yok, imkânsız. Fakat niçin imkânsız olsun? Doğru ya kızlar her erkekle çıkamaz, her erkekle görüşemez. Fakat her kız bir erkeğe varacak değil mi? Ben de bu oğlana varsam, beni ona verseler, o beni alsa ne olur? Böylece ben de Ragıbe Hanım'ın evine gidebilirim. Gece gündüz Ragıbe Hanım ve kardeşiyle beraber olurum. Ah, keşke Ragıbe Hanım'dan kardeşinin adını sorsaydım. Ne güzel adı vardır! Gönül sayfama yazardım. Ragıbe Hanım beni, benim onu sevdiğimden daha çok sever, çok iyi biliyorum. Fakat kardeşi de beni sevecek mi acaba? Ah hiç şüphem yok, o da beni sevecek. Gönülden gönüle yol vardır, derler. Ben onu o kadar seviyorum da o beni niçin sevmeyecekmiş? Elbette sevecek..."

Fitnat Hanım, Ragıbe Hanım'ı gözleriyle uğurlamak için pencereye çıkmıştı, fakat Ragıbe Hanım, Fitnat Hanım'ın gözünden çoktan kaybolmuştu. Fitnat Hanım ise gözlerini sokağa dikip, başı kollarına dayalı olduğu halde yukarıda anlattığımız hayallere dalmıştı. Güneşin yarısı batmış, yarısı da görünüyordu. O cılız ışığı, o kırmızıya meyleden rengi Fitnat Hanım'ın oturmuş olduğu pencereye aksediyordu. Tabiatın bu ilginç görüntüsüyle Fitnat Hanım'ın öyle dalgın dalgın oturuşunun ne kadar hazin, ne kadar latif bir manzara oluşturduğunu tarif ve tasvir etmek imkânsızdır.

Sevdiği gençle, yani Talat Bey'le evlenme fikri o zamana kadar Fitnat Hanım'ın hiç aklına gelmemişti. O gün ilk defa bu hayali kurdu. Bütün o akşam, o gece bu hayalle meşgul oldu. Rüyalarında hep Ragıbe Hanım ve kardeşiyle görüştü.

İkinci Görüşme

Ertesi gün öğlen birde Talat Bey, Ragıbe Hanım adı ve kıyafetiyle Fitnat Hanım'ın yanındadır. Önce nakış işlerler. Nakış bittikten sonra da Talat Bey cebinden bir elifba cüzü[1] çıkararak Fitnat Hanım'a ders vermeye başlar. Fakat Fitnat

---

1 Eskiden mahalle mekteplerinde ders kitabı olarak okunan, içinde elifba, elifbaya ait bilgiler, namaz duaları ve bazı sureler bulunan ufak kitapçık.

Hanım'ın elifba cüzüne ihtiyacı olmadığını görür. Kelam-ı Kadim'i[1] bile iki üç defa hatmetmiş olan Fitnat Hanım:

— Cüzleri okuyabiliyorum. Fakat Türkçe ve özellikle de harekesiz[2] metinleri, işte onları kolay okuyamıyorum, der.

— Öyleyse acemi değilsin. Pekâlâ, yarın kardeşime söyleyeyim Sahaflar Çarşısı'ndan[3] bir Risale-i Ahlak[4] alsın da ondan okumaya başlayalım.

Fitnat Hanım'ın bu "kardeşime" sözünü duyar duymaz hemen yüzünün rengi değişir. Elinde olmadan "kardeşine, kardeşine" diye iki üç kere titrek sesle bu kelimeyi tekrar eder. Talat Bey, Fitnat Hanım'ın bu haline şaşırarak "Erkek olduğumu anlamış olmasın" diye korkar. Rengi sapsarı olur. Fitnat Hanım başka bir şey söyleyecek mi diye yüzüne ısrarla bakar. Bu bir dakika içerisinde Talat'ın renginin atmasına ve kendisine ısrarla bakmasına Fitnat Hanım ne mana verse iyi? "Kardeşini sevdiğimi halimden anladı da kıskandı." İşte Fitnat Hanım, Talat Bey'in –yahut Ragıbe Hanım'ın diyelim– o anki hayret ve şaşkınlığına bu manayı vermişti.

Evet, eğer şu Ragıbe dediğimiz kişi Talat Bey'in kendisi olmasaydı Fitnat Hanım'ın Talat Bey'i sevmesini elbette kıskanacaktı. Fakat kim kimi kıskansın? Talat Bey kim? Ragıbe Hanım kim? Fitnat Hanım'ın âşığı kim? Fitnat Hanım'ın sevdiği kim? Fitnat Hanım'ın âşığının ve maşukunun kız kardeşi kim? Bu saydığımız altı kişi de hakikatte bir kişi. Fakat zavallı Fitnat bu hakikati bilmiyordu. Bu muammayı çözemiyordu. Ragıbe Hanım'da gördüğü acayip hallere de bir anlam veremiyordu, çünkü bir şeye verdiği anlamın asılsız olduğunu diğer bir halinden anlıyordu. Nasıl anlam versin ki? Bütün bu olanlar asıl meselenin ayrıntılarıydı. Zavallı asıl meseleden bihaberken ayrıntılarını nasıl anlasın?

---

1 Kuran-ı Kerim.

2 Hareke: Arapça ve Osmanlıcada harflerin nasıl seslendirileceğini göstermek için üzerlerine veya altlarına konulan üstün (fetha), esre (kesre) ve ötre (zamme) işaretleri.

3 Kapalıçarşı'nın Fesçiler Kapısı ile Beyazıt Meydanı arasında yer alan, İstanbul'un eski kitap alışveriş merkezi olan meşhur çarşısı.

4 Ahlak üzerine yazılmış risale, kitapçık.

Yukarıda dediğimiz gibi Fitnat Hanım, Ragıbe Hanım'ın yüzünde gördüğü değişikliği "kıskançlık" ve "rekabet" olarak düşünmüştü. Malum, bir erkek, kız kardeşinin birisinin sevgilisi olmasını nasıl çekemiyorsa bir kız da erkek kardeşinin bir kızın sevgilisi olmasını hiç çekemez. İşte Fitnat Hanım işin bu kısmını düşünmüştü. Fakat bu kuralın Ragıbe Hanım için geçerli olmadığını nereden bilsindi. Bu yüzden Talat Bey'e olan aşkını Ragıbe Hanım'a söylemek istemiyordu. Çünkü Ragıbe Hanım'ın bu tür sözlerden hoşlanmayacağını sanıyordu. Heyhat! Fakat Fitnat Hanım böyle şeyler düşünüyor diye sanılmasın ki Ragıbe Hanım'dan soğumuştu. Hayır! Âşık olan, sevdiğiyle biraz yakınlığı bulunan kişileri bile, velev ki dünyanın en kötü insanları olsunlar, severler. Nerede kaldı ki aşk oklavasıyla açılmış bir yufkaya benzeyen Fitnat Hanım'ın nazik gönlü, sevdiğine o kadar benzeyen hatta aynısı olan, o kadar güzel, o kadar nazik kız kardeşini sevmeyecek! Fitnat Hanım, Ragıbe Hanım'ı o kadar seviyordu, o kadar seviyordu ki tarifi imkânsız.

Fitnat Hanım dünyada iki kişiyi seviyordu: Biri Talat Bey, diğeri Ragıbe Hanım. Fitnat Hanım'ın Talat Bey'e olan sevgisi Ragıbe Hanım'a olan sevgisinden daha fazla değildi. Ancak daha etkili, daha kuvvetli ve biraz daha mukaddesti. Ragıbe Hanım'dan bir dakika olsun ayrılmamak ve sürekli onunla beraber olmak istiyordu. Talat Bey hakkında ise bu kadar rahat düşünemiyordu. Talat Bey aklına gelince düşünceleri altüst oluyor, sinirleri bozuluyordu. Bu farkın sebebi sadece kıyafetti. Eğer Ragıbe Hanım bir kez olsun o perukçudan aldığı saçı atıp da başına bir fes koysaydı, anında Fitnat Hanım'ın düşüncelerini değiştirecekti. Fitnat Hanım o anda Ragıbe Hanım'a Talat Bey'e baktığı gibi bakacaktı. Sevgi aşka dönüşecekti. İşte sevgi ile aşkın farkı sadece bundan ibarettir. Fakat böyle ansızın gerçekleşen bir dönüşüme Fitnat Hanım'ın gönlü acaba dayanacak mıydı?

Talat Bey ise Fitnat Hanım'ın yüzünde her dakika değişen renklerin her birinin manasını anlıyordu. Çünkü o, meselenin aslını biliyordu. Onun için gizli hiçbir şey yoktu.

Hatta Fitnat Hanım'ın kendisine âşık olduğunu da anlamıştı. Çünkü Talat Bey, Ragıbe Hanım olarak kardeşinden yani kendinden bahsettiğinde yukarıda anlattığımız üzere Fitnat Hanım'da meydana gelen hallerden başka Fitnat Hanım, Ragıbe Hanım'a kardeşinin adını da sormuştu. İkide bir ondan söz açıyor, "Talat" ismini sesi titreyerek ve yüzünün rengi değişerek söylüyordu. İşte bu haller Talat Bey'e Fitnat Hanım'ın kendisine âşık olduğunu göstermişti.

Peki bu durumda Talat Bey niçin Fitnat Hanım'a gerçek ismini ve kim olduğunu söylemiyordu? Niçin o zavallı kızcağızı böyle bir merakta ve böyle bir karanlıkta bırakıyordu? Evet, bu Talat Bey'in aklına gelmemiş değildi. Fakat korkuyordu, utanıyordu, cesaret edemiyordu. Bir de yukarıda denildiği gibi bu sırrın ifşa edilmesinin kıza nasıl tesir edeceğini bilmiyordu. Daha münasip bir vakit, bir fırsat bekliyordu. Bu vakit, ne vakit gelecekti? Heyhat, bir kara günde!

Talat ve Fitnat her gün görüşüyorlardı. Bu görüşmelerin hepsi de anlattığımız şekilde gerçekleşiyordu. Talat Bey –her ne kadar aklı nakışta değilse de– biraz nakış işlemeye alıştı. Fitnat Hanım biraz okumaya başladı. Başladı, fakat bu görüşmeleri ne kadar sürdü? On gün, sadece on gün! O on günün ardından yukarıda sözünü ettiğimiz kara gün meydana geldi. Niçin kara gün dedik? Çünkü o gün, Talat ile Fitnat'ın saadetine son verdi. Ümitlerini yok etti. Sonunda ölümlerine de sebep oldu. Böyle bir güne kara gün demeyip de ne diyelim?

Boşama

Şimdi Talat Bey –diğer bir deyişle Ragıbe Hanım– ile Fitnat Hanım görüşmeye, konuşmaya ve sevişmeye devam ededursunlar, biz biraz Üsküdar'a geçelim.

Üsküdar'da, Toptaşı'nda büyük bir konak vardı (belki hâlâ vardır). Bu konağın haremlik-selamlık[1] olarak yirmi

---

1 Eskiden haremlik saray, köşk veya konakların kadınlara ayrılan bölümü. Selamlık ise erkeklere ayrılan bölümü.

otuz odasının her tarafı çok güzel süslenmiş ve kıymetli eşyalarla döşenmişti. Oldukça geniş bahçesinde bir iki bahçıvan daima çalışırdı. Büyük bir ahırın içinde en iyisinden beş altı at bağlanmıştı. İki üç araba, beş altı uşak, ispir, seyis bilmem ne de ayrı. Haremlikte de bazısı yaşlı, bazısı kız beş on cariye vardı. Uzun lafın kısası büyük bir konak, oldukça büyük ve zengin bir adamın konağı vesselam!

Bu konağın uşaklarını, cariyelerini uzun uzadıya tarif ettik. Ya bu konağın efendisi yok muydu? Onun da eşi, evladı, anası, babası yok muydu? Evet, bu konağın bir sahibi var, kırk kırk beş yaşlarında, Ali Bey adında biri.

Ali Bey on altı sene evvel yani yirmi dört yirmi beş yaşlarındayken evlenerek fakir bir aileden, fakat gayet güzel ve akıllı bir kız almıştı. Birbirlerini çok severlerdi. Bununla beraber bir sene ve birkaç ay beraber yaşadıktan sonra Ali Bey bir gün bir sebepten karısına darıldı. Kendisi o kadar öfkeli ve titizdi ki küçük bir sebepten darılır ve dargınlığı bir haftadan uzun sürerdi. Yine bir seferinde darılınca karısını boşadı. Karısı ise inadını bildiğinden geçinceye kadar beklemek istedi. Fakat kocası beklemesine izin vermedi, hemen kapı dışarı attı. Biçare kadın hem uğradığı hakaretten hem de sevdiği ve bir yıldan fazladır beraber yaşadığı kocasından ayrıldığından hüngür hüngür ağlayarak, yanında getirmiş olduğu cariyesini de alarak iskeleye iner ve bir kayığa binip İstanbul'a geçer, evine gider. Evinde yalnız bir ihtiyar anası vardı. Ağlayarak ve gözyaşları çeşme gibi dökülerek anasına başından geçenleri anlattıktan sonra bir odaya çekilip ağlamaya başlar ve kendi kendine:

— Ah zalim! Ah hain! Ben onu o kadar seviyordum! O ise beni aldatmak için severim meverim dermiş. Yalandan bir muhabbet gösterirmiş. Beni gerçekten sevseydi böyle sebepsiz yere kovar mıydı? Ah! Erkeklerin sevgisine inanmak, onların sadakatine aldanmak ne büyük bir kabahat! Ah biz zavallı kadınlar! Biz evlendiğimizde sanıyoruz ki bir koca, bir yoldaş alıyoruz. Halbuki erkekler bize o gözle bakmıyorlar. Onların evlendiklerinde eşlerine verdikleri değer, satın alacakları bir beygir veya bir arabaya verdikleri değerden azdır. Evet, hakları var ya. Çünkü bir beygir alacaklar, eğer iyi çıkmazsa yine satmaya mecbur olacaklar. Belki de aldıkları fiyata bile satamayacaklar. Zarar etme korkusu var. Fakat karıları iyi çıkmazsa (!) tabiatları uyuşmazsa (!) hiçbir zarar etmeksizin onları bırakırlar. Başkalarını, daha iyilerini (!) alırlar. İşte bizi hayvan yerine bile koymazlar. Ne yapalım? Hüküm onların elinde... Nasıl isterlerse öyle yaparlar, diyerek durmadan ağlıyordu.

Fakat anası:

— Kızım niye ağlıyorsun? Eğer kocasız kaldığına ağlıyorsan ben sana ondan iyisini bulurum. Yok, kocandan ayrıldığına ağlıyorsan pek alçakmışsın! O seni sevmiyor, seni kovdu! Seni o kadar aşağıladı da sen hâlâ onu seviyorsun! diyerek Ali Bey'den soğutmaya çalışmış ve kızı da buna ikna olmuş gibi görünmüşse de ardından hemen fikrini değiştirerek:

— Ah anacığım! Seviyordu. Seviyordu ama bilmem nasıl böyle oldu?

— Ah zavallı! Seviyordu! Hâlâ inanıyorsun ha!

Sonunda kızın aşkı ve muhabbeti tamamen bitmemişse de inadı aşkından fazlaydı. Her şekilde kâh aşkından kâh inadından zavallı sürekli ağlıyordu.

Pişmanlık

Ali Bey karısını gerçekten seviyorduysa da inadı sevgisine galip gelerek karısını kovduktan sonra, iki gün, ayrılıktan değil inadından gözyaşı döktü. Üçüncü gece uyurken rüyasında karısını bir bahçede, bir ağacın dibinde oturmuş, siyah elbiseler içinde, yüzü sapsarı ve hazin hazin ağlarken görür. Karısını bu halde görünce çok etkilenerek yanına gider. Karısı da sesi titreyerek ve boğuluyormuş gibi içini çekerek, "Sen beni kovdun, beni istemiyorsun. Artık yanıma gelme," diyerek kaçar. Ali Bey de o an "Aman! Pişman oldum, affet" demek ister fakat söz söyleyemez. Arkasından gitmek ister fakat yürüyemez. Karısı ise gözden kaybolur. Ali Bey o ıstırapla uyanır. Bakar ki hava gayet berrak ve on yedi on sekiz günlük olan ayın aydınlığı pencerelerden odaya dolmuş, oda çok hazin bir görünüm almış. Ali Bey uyandığında kendini yok etmek, öldürmek ister bir haldedir. Saatine bakar, üç buçuk olmuş. Kürkünü sırtına alır, bahçeye bakan bir pencerenin yanına oturur. Bahçedeki ağaçlar ve yapraklar ay ışığında öyle bir şekilde görünüyorlardı ki görenin ne kadar mutlu ve gamsız, ne kadar coşkulu ve duygusuz olursa olsun bir hüzün ve hayrete dalarak etkilenmemesine, yüreğinin parça parça olmamasına imkân yoktu. Cümle âlem uykudaydı. Uyumayan da doğanın bu cilvelerinin sadece kendisi için olduğunu zannederdi. Kendini rakipsiz görürdü. Bir sükûnet, bir sessizlik ortalığı kaplamıştı. Gül dalları arasında saklanmış bir bülbülün ara sıra çıkardığı hazin feryatlarından başka bir şey duyulmuyordu.

Ali Bey bir taraftan gördüğü rüyanın, diğer taraftan tabiatın gösterdiği bu güzel manzaranın tesiriyle pencerenin yanında oturmuş, başını duvara dayamış, gözlerini karşıya, bahçede rastgele bir şeye dikmiş, hiç kımıldamıyordu. Ara sıra iki gözünden birer damla yaş akıyor, yanaklarından iniyor ve yastığa düşüyordu. Gözlerini ve yanaklarını silmek için ellerini kaldırmaya üşeniyordu. Vicdanı, tabiatın bu hazin görüntüsüyle birleşmiş, zavallıyı azarlayıp eziyet ediyordu adeta. Kabahatin kendisinde olduğunu ve karısının hiçbir kabahatinin olmadığını anlamıştı. O kadar sevdiği karısından ayrıldığına ve o kadar hakaretle gönlünü kırdığına üzülerek pişman olmuştu. Kendi kendine lanet okuyarak, "Ah! Ayaklarına kapansam, affını rica etsem, halt ettiğimi söylesem! Affetmez ve eski muhabbetimize dönmezse kendimi öldüreceğimi söylesem!.. Oh! Elbette affeder, benim kusuruma bakmaz. Yine gelir. Ah, onun gönlü!.. O nazik gönül çabuk etkilenir. Benim bu halde olmama razı olmaz. Ah, bilse benim bu halde olduğumu, böyle ağladığımı," der.

İşte Ali Bey böyle düşünerek ve içini çekerek hiçbir azasını kımıldatmaksızın duruyordu. Tabiatın manzarası da değişmeye başlamıştı. Yıldızlar, yağı kalmamış yahut fitili tükenmiş kandiller gibi, yavaş yavaş gözden kaybolmuş, ayın etkisi gittikçe azalmıştı. Görünen tepelerin ve evlerin damlarının bir tarafları kızarmaya, kuşlar daldan dala uçarak ve birbirleriyle oynayarak dolaşmaya ve bir ağızdan ince sesleriyle ötmeye başlamıştı. Hâsılı tabiatın gösterdiği her bir yüzü Ali Bey'i başka türlü etkiliyordu.

Ebedi Ayrılık

Bu olay üzerine Ali Bey, geri dönmesi ve kendisini affetmesi için eşine haber göndermeye karar verir. Gerçekten aynı gün ihtiyar bir kadın gönderir. Bu kadın gidip gelinin anasını bulur ve meseleyi anlatır. Fakat Ali Bey'in yaptığı hakaretlerin zehri karısından çok kayınvalidesine tesir etmişti. Çünkü ötekinde aşk denilen panzehir vardı. Bu yüzden Ali Bey'in kayınvalidesi kadına:

— Eğer karımdır diye istiyorsa boşadığından artık karısı değildir ve istemeye hiçbir hakkı yoktur. Yok, eğer yeniden nikâh kıymak için kızımı istiyorsa bilmiş olsun ki ben kızımı satacak değilim. Kızıma efendi aramıyorum. Kızımı evlendirmek, ona bir hayat arkadaşı bulmak istiyorum. Öyle istediği zaman almak, istediği zaman kovmak isteyen adamlara esir edecek kızım yok benim! Benim kızım fakir bir kızdır, kendisi gibi fakir bir adamla evlensin de eşitçe yaşasın. Sizin efendi de kendine münasip bir karı bulsun, diyerek oldukça sert bir cevap verdi. Kızını da, belki aşkı galip gelir de razı olur korkusuyla, bu tekliften hiç haberdar etmedi.

Kocakarı bu cevabı aldığı gibi efendisine söyledi. Ali Bey çok üzüldü, adeta hayatından ümidi kesti ve odasına kapanarak birkaç gün hiç çıkmadı. Sürekli ağlıyordu. On beş ay sonra karısının evlendiği haberini aldı. Üzüntüsü iki kat arttı. Bir sene sonra da zavallı kadının –belki de kahrından– öldüğünü duydu. Üzüntüsü bir o kadar daha arttı. Vicdanı sızladı. İşte o zamandan beri on beş on altı sene geçmiş olmasına rağmen Ali Bey bir dakika bile karısını unutmadı. Çok defa odasına kapanarak karısından kendisine yadigâr kalan bazı eşyayı çıkarır ve önüne koyarak saatlerce ağlardı.

Evlenme Niyeti

Ali Bey'in cariyeleri arasında on üç on dört yaşlarında gayet güzel ve zeki bir kız vardı. Ali Bey bu kızın yetişmesine çok dikkat ettiğinden özel olarak keman ve nakış ustası tutmuştu. Tesadüfe bakın ki bu nakış ustası Fitnat Hanım'a da nakış öğreten Şerife Kadın'dı. İki günde bir gelir, bu kıza da nakış öğretirdi.

Şerife Kadın bir gün konakta kendisi gibi ihtiyar bir kadınla konuşurken der ki:

— Canım, sizin bu efendi niçin evlenmiyor? Böyle hanımsız ev olur mu?

Bu soruya cevap olarak kocakarı, Şerife Kadın'a efendisinin nasıl evlendiğini, karısını nasıl boşadığını, karısının nasıl öldüğünü ve efendisinin hâlâ ağlamakta olduğunu bir bir anlattı. Şerife Kadın:

— Vah vah vah! Yazık gençliğine! Zavallı daha genç de, ömrünü böyle kederle mi geçirmek istiyor? Ne demek olsun? Önceki karısı öldüyse canına rahmet olsun. Ömrü oldukça matem mi tutacak? Karı kıtlığı mı var? Buna kim kız vermez? Hangi kızı istese alır? Yazık! Hem kendisine, hem evine, hem size... Siz hiç evlenmeye teşvik etmiyor musunuz?

— Ah, çok kere söylemek istedim. Fakat ben söylemeye başlar başlamaz gözyaşları dökülüyor. "Bana böyle söz söylemeyin. Evlenecek değilim vesselam," diyor, daha ne söyleyeyim?

— Dur ben gideyim söyleyeyim bir kere de.

Şerife Kadın böyle diyerek kalkar, Ali Bey'in odasına gider. Ali Bey'i bir şeyler yazarken bulur. Kendisiyle konuşmaya başlar ve sonunda bir yolunu bularak:

— Beyefendi, size bir şey söyleyeceğim ama rica ederim gücenmeyiniz ve sözümü dinleyiniz. Söylemeye haddim yok ama...

— Nedir? Söyleyin.

— Allah'a bin şükürler olsun, hiçbir eksiğiniz yok. Yalnız bu eve bir hanım lazım. Bir evde o evi idare eden bir hanım yoksa o eve ev denilmez. Siz daha gençsiniz, böyle bekâr durmanızın sebebi...

— Başka bir şey söyleyin rica ederim. Bırakın şu sözü.

— Yok, bey, yok! Ben sizin evlenmemenizin sebebini sordum. Ben bu sebebi bilmiyor değilim, ama makul bir sebep olmadığından çürütmek için soruyorum. Sizin bir karınız varmış, seviyormuşsunuz, ölmüş. Evlenmemenizin sebebi bu değil mi işte? Ama bak beyim, o kadınla yaşadığınız ömrü mü yoksa şimdiki ömrü mü tercih edersiniz?

— Ah! Onunla yaşadığım ömür! Şimdi bana dünya zindandır. Ben şimdiki ömrü istemiyorum ama kendime de kıyamıyorum.

— E şimdi evlenirsen eski saadetin geri gelir, yine hayatından memnun olursun. Bu umutsuzluktan da kurtulursun değil mi? İlk karını sevdiğin gibi öbürünü de seversin.

— Ah! Bundan sonra bir kadın sevmek... Başkasını sevmek! Benim yüzümden zavallı on beş senedir ki gençliğini bırakıp toprak altına girdi. O toprak altında yatsın da ben başka birini seveyim! Yok, yok, rahat bana haram olsun! Bana düğün yakışmaz. Benim matem tutacak, ağlayacak zamanımdır, der ve ellerini gözlerine kapatarak düşüncelere dalar.

— Beyim, vazgeç bu düşüncelerden. Ağlamaktan ne çıkar. Merhumenin ruhunun senin bu tür hareketlerinden hoşlandığını mı sanıyorsun? Beyim ölülere rahmet, dirilere rahat lazım. Gençliğine yazık! Gel seni evlendirelim. Sana inci tanesi gibi bir kız buldum. Çok güzel, çok namuslu, elinden her iş gelir, nakışın en iyisini bilir. Hatta okuma yazma bile öğrenmiş.

Ali Bey, gözlerini de kapatacak şekilde başını ellerine dayamıştı. Ağlıyor muydu, düşünüyor muydu, yoksa Şerife Kadın'ın söylediklerini mi dinliyordu, belli değildi. Şerife Kadın ise bahsettiği kızın vasıflarını ve görünüşünü bir bir anlatmaya devam ediyordu. Ali Bey bu özellikleri duyunca yüreğinde bir telaş, kanında olağanüstü bir hareketlenme oldu. Kendi kendine, "Hepsi de merhumenin özellikleri! Acaba o olmasın! Belki ölmemiştir! Belki de odur," diyerek Şerife Kadın'a:

— Bu kız kaç yaşlarında var?

— On beş on altı yaşlarında. Cevher parçası gibi bir kızcağız.

— Daha yaşlı değil mi? İyi biliyor musun?

— Aa! Yalan mı söyleyeceğim? Her şey ortada.

— Kimin kızıdır bu?

— Babasını bilmiyorum, ölmüştür. Anası da ölmüş. Üvey babası var, tütüncülük yapan zararsız bir ihtiyar. Onun yanında oturuyor.

— Anası da yok, babası da ha? Vah zavallı kızcağız!

— Bu kızı alırsanız hem siz memnun olacaksınız ve iyi bir hayat süreceksiniz, hem de bir sevap işlemiş olacaksınız. Çünkü onun imkânı yok sizin gibi bir...

— Bakalım, bir düşüneyim de, kısmetse olur inşallah. Lakin kızın üvey babasına bir şey söylediniz mi siz?

— Onu merak etmeyin siz. Biliyorum verir o, nasıl vermez?

— Peki, ona da bir kere söyleyin bakalım, fakat benim haberim yokmuş gibi... Çünkü ben daha karar vermedim.

Şerife Kadın bir kale fethetmiş gibi Ali Bey'in odasından çıkarak konaktaki ihtiyar kadınların bir ikisine beyin evlenmeye razı olduğunu gizlice söyler. Fakat bu söz ağızdan kulağa gezerek yarım saat içinde bütün halayıklara ve uşaklara kadar gider.

Ali Bey'in birdenbire fikrini değiştirerek evlenmeye karar vermesinde bir taraftan, kızın bütün vasıflarını birinci karısının vasıflarına benzer bulduğundan, kızın birinci karısına çok benzeyeceğini düşünmesi, diğer taraftan da bu kadar güzel bir kızın anasız babasız olmasına acıması neden olmuştu. Ali Bey, daha bu kızı görmeden sevmeye, aynı anda eski karısını unutmaya, zihnini müstakbel karısıyla meşgul etmeye, nihayet teselli bulmaya ve o on yedi senelik hüzün ve kederinden kurtulmaya başlamıştı.

Müjde – Kara Haber

Şerife Kadın'ın Ali Bey'e vermek istediği kızın Fitnat Hanım olduğu elbette anlaşılmıştır. Şerife Kadın Üsküdar'dan döndüğü gibi Hacı Baba'ya gider ve meseleyi anlatır. Ali Bey'in zenginliğini ve bütün vasfını söyler. Hacı Baba gayet memnun olarak:

— Böyle şeyleri bana sormaya ne gerek var? Sen bilmez misin ki ben bu dünyada sadece şu kızın iyiliğini isterim. Merhume anası bana emanet bıraktı. Ben de işte bu kızı babasından iyi yetiştirdim. Kendi kızım olsaydı, Allah bilir bu kadar dikkat etmezdim. Tek muradım kalmıştı ki o da bu kızı iyi bir eve vermek. Evlendikten sonra da rahat etsin. İşte Allah'a şükürler olsun, o da hâsıl oldu. Kızıma istediğim gibi bir koca bulundu. Değil mi?

— Ne diyorsun? Ne diyorsun? Ne güzel bir talihi varmış!

— Cenabıhakk'ın yetimlere merhameti çoktur. Yetimlerin sonu daima selamettir. Siz de himmet ettiniz, eksik olmayın.

Şerife Kadın iki tarafı da memnun edecek büyük bir iş becerdiğini zannederek iftiharla kalkıp gider. Hacı Baba da kızın rızasını sormak için değil de kendince müjde vermek için kıza gidip:

— Kızım, talihin yavermiş, seni çok büyük bir evden istiyorlar. Ben de söz verdim, iş yalnız nikâha kaldı. Çünkü böyle bir kısmet her gün önümüze gelmez. Büyük bir bey, oldukça zengin, saygın ve genç. Konağında sayısız halayık, uşak ve arabalar varmış. Velhasıl vezir konağından daha iyi. Hadi Allah mübarek eylesin...

Hacı Baba henüz sözünü bitirmemişti ki, Fitnat Hanım balmumu gibi sararmış halde ve gözlerini açmış korkunç bir şekilde Hacı Baba'nın yüzüne bakarken bayılıp düşer. Emine Kadın da gelir, kaldırırlar. Yüzüne soğuk su serperler. Kendine gelir, ama nasıl gelir? Gözlerini açmış tavana ve etrafına anlamsız anlamsız bakıyor, gözlerinde ışık yok. Sapsarı olmuş! Emine Kadın yanına oturup ellerini ovarken Hacı Baba'ya:

— Oğlum, ne oldu bu kıza? Vah kızım vah! Kurban olayım ben sana, dedi.

— Ne olacak? Elbette böyle olacak. Ben onun yerinde olsaydım sevincimden bütün bütün çıldırırdım. Yarın öbür gün bizim bu yoksul evimizden çıkıp adeta bir vezirin konağına gidecek. O konağın hanımı olacak, emredecek, kendisine emreden kimse olmayacak. Sen olsaydın sevincinden bayılmaz mıydın?

— Ah! Sevincinden bayıldı demek. Ah! Ah!..

Hacı Baba çıkıp gider. Fitnat Hanım can çekişir gibi yatmıştı, Emine Kadın ellerini ovarak:

— Ah kızım, ah! Ne güzel talihin varmış! Ne güzel talih... Allah razı olsun Şerife Kadın'dan, ona teşekkür etmelisin, o yaptı bu işi. Ama sonra büyüklük takınmayasın ha, bize de hor bakmayasın!

— Ah anacığım! Neler söylüyorsun? Sanıyorsun ki sevincimden bu hale geldim! Ah sevinç! Sevinç! Ne sevinç! Baksana ölüyorum, canım çıkacak. Ah anacığım, babama söylesen de nikâh kıymasalar. Ben o kocaya... va... vara... mam.

— Aa!.. Kızım! O nasıl söz! Biz sevincimizden çıldırıyoruz, sen diyorsun ki o kocaya varamam. O koca dediğin kimdir biliyor musun? Onun bir uşağına bile varmak senin ne haddine. O büyük insanlardan, biz fakir insanlar...

— İstemem anacığım, istemem! Büyüklük istemem, zenginlik istemem, mevki istemem... Gönlümün istediğini isterim. Gönlüm şad olsun da yiyecek ekmeğim olmasın, giyecek elbisem olmasın. İstemem! İstemem!

— Kızım delirdin mi? Ne oldun? Ben senden böyle şey ummazdım... Belki de bayıldın da ondan, biraz dinlen, kendine gelirsin.

— Ah bilseydin bayılmamın sebebinin ne olduğunu, sen de böyle...

Fitnat Hanım bu sözü söylerken boğazı tıkanır, gözyaşları dökülür, hüngür hüngür ağlamaya başlar. Emine Kadın ise, Fitnat Hanım'ın bu son sözünü işitmeyerek ve ağladığını görmeyerek kapıdan çıkıp Hacı Baba'ya gider. Şöyle der:

— Oğlum, nasıl olacak? Bu kız istemiyor. Ağlıyor, sızlıyor! Kocaya varmam, diyor.

— Hay şaşkın hay!.. Ya nasıl diyecek? Sevindim mi diyecek? Sen kızların âdetini bilmez misin? Hem niçin istemeyecekmiş? Daha adamı görüp tanımadı ki beğenmedi diyelim.

— Öyle öyle, hani bu baygınlık falan... Belki bu telaş ondandır...

— Hadi hadi, sen git yukarıya. Yalnız bırakma, böyle şeylere de kulak asma.

Emine Kadın yukarı çıkar. Bakar ki zavallı Fitnat yastığın üzerine yüzükoyun düşmüş, ağlamaktan yanları körük gibi dışarı fırlıyor. Hıçkırığı uzaktan işitiliyor:

— A kız, sen delirdin mi? Bu ne demek? Seni asacak değiller ya! Evlendirecekler. Hem istesen de gidemeyeceğin bir yere verecekler. Sevinecek yerde böyle ağlamak ne demek? Naz ise yeter, gösteriş ise insaf! diyerek yastıktan Fitnat'ın başını kaldırır. Yüzü kıpkırmızı olmuş, gözleri yumurta gibi fırlamış, boğulacak gibi içini çekiyor. Emine Kadın, Fitnat Hanım'ın başını koynuna alıp gözlerini silerek:

— Vah kızım vah! der.

Fitnat Hanım içini çekerek:

— Ah kadın ninem! Ağlamam sebepsiz değildir. Ben çocuk değilim, sebepsiz nasıl ağlayayım. Ah, sebebi var! Sebebi var! Büyük sebebi var!

— Ne sebebi? Ne sebebi? Söyle ki biz de bilelim.

— Ah nasıl söyleyeyim? Söyleyemem! Yok yok, söyleyemem. Ama... Ah, işte sebebi var diyorum. Babama söyle de nikâh kıymasınlar. Nikâh kıyarsa canıma kıyar, kendimi öldürürüm.

— Sebep? Sebep? Kızım başkasını mı seviyorsun? Sana sihir mi yapmışlar? Bu ne haldir?

— Ah, anacığım! Sö... ah! Söy... ah söyleyemem, söyleyemem, zorlama beni.

— Söyle, söyle. İşitecek kimse yok, benden saklama.

— Ah seviyorum. Sevi... yorum... başkasını seviyorum. Canım gibi seviyorum! Ona varmazsam hiç evlenmem... Zorla vermek isterseniz de kendimi öldürürüm.

— Ah, zamane kızı değil mi! Ne kadar da olsa... Kimi seviyorsun bakalım?

— Ragıbe Hanım'ın kardeşini... İşte onu seviyorum. Beni evlendirmek istiyorsanız ona verin. Başkasına varmam! Varmam! Varmam!

Fitnat Hanım'ın tabiatındaki mahcubiyet bu sözleri söylemesine engel olamadı. Fakat yüzü kıpkırmızı olmuştu. İçini çekmekten konuşamıyordu. Sözlerini bitirir bitirmez yine yastığın üzerine düşüp hüngür hüngür ağlamaya başladı. Zavallı Emine Kadın, Fitnat Hanım'ın bu haline acımış, söylediklerinden hayrete düşerek dudaklarını ısırmış, ne yapacağını ve ne diyeceğini şaşırmış, öylece donakalmıştı. Biraz sonra zavallı kadın içini çekerek kalkıp aşağı indi ve Hacı Baba'ya:

— Oğlum, bizim taksiratımız çokmuş! Bu kızın hali ne olacak? Görsen nasıl ağlıyor. Telef olup gidecek. O kocaya varmak istemiyor. Başkasını seviyormuş.

— O ne! Kimi seviyor? Ah, kadın değil mi! Şu kadınları insan kafese kapasa da fayda yok, zapt olunamazlar. Ee, kimi seviyormuş bakalım? Nerede görmüş? Nasıl olmuş? Yoksa siz benim haberim olmaksızın çıkıp geziyor musunuz?

— Aaa, yok evladım! Öyle bir şey yok. Hani ya buraya bir kız gelmiyor mu bazen?

— Haa...

— İşte onun kardeşini pencereden görmüş, beğenmiş, sevmiş. İşte bundan ibaret, başka bir şey yok.

— Haa... Pencereden birini görmüş, onu sevmiş, kocasını istemiyor! Laf mı bu? Ama sen de çocukların aklına uyarsın. Bir adamı öyle bir kere pencereden görmekle nasıl o kadar sevmiş ki böyle bir saadeti onun muhabbetine feda ediyor? O daha çocuk, daha dünyadan haberi yok. Şimdi böyle şeylerde ona sormak, onun dediğini yapmak hatanın ta kendisidir. Sen şimdi üzerine varma, başka şeylerden konuş. Yarın inşallah Şerife Kadın gelir, oradan kesin bir cevap getirir. Nikâhı da kıyınca o sevdiğini söylediğin adamı bir saat içinde unutur.

Emine Kadın bu cevabı aldıktan sonra yukarı çıkıp bir köşede oturur. Fitnat Hanım'a bir şey söylemez. Fitnat Hanım da Emine Kadın'ın yüzüne hiç bakmaz, başını eğmiş durmadan ağlar. Hele Ragıbe Hanım aklına gelince ağlaması iki kat artarak kendi kendine, "Ah! Birazdan Ragıbe Hanım gelecek! Ah, nerede o kurduğum hayaller! Ragıbe Hanım'dan ayrılmayayım, kardeşine varayım! Heyhat! Ne güzeldi o dakikalar, öyle hayaller kurabiliyordum! Gerçekte erişmem imkânsız olan bir nimete hayal yoluyla erişiyordum. Dertli gönlümü bu şekilde eğlendirir, böyle teselli bulurdum. Ah! O hayallerle geçirdiğim dakikalar, ömrümün en tatlı anlarıydı. Yazık! Yazık ki o hayallerin de kapısı kapandı. Şimdi öyle hayaller de kuramam. Off, of!.. Bu ümitsiz gönlümü nasıl teselli edeyim, nasıl avutayım. Ah! Ragıbe şimdi gelecek, beni bu halde bulacak. Nasıl söyleyeyim? Ne diyeyim? İşin gerçeğini söyleyeceğim... Evet, söyleyeceğim. Artık niçin saklayayım" diyordu.

Fitnat Hanım o günü böyle ağlamakla geçirdi. Gözleri kan içinde kaldı. Akşam oldu ama Ragıbe Hanım o gün gelmedi. Akşamüzeri de Hacı Baba, Fitnat Hanım'ı nasihat veriyormuş gibi biraz payladı. Kızın fikrini değiştirmek için Ali Bey'i uzun uzadıya methetti. Lakin Fitnat Hanım, mendilini gözlerinin önünde tutarak Hacı Baba'nın bütün bu sözlerine karşılık sürekli gözyaşı döküyordu. Verdiği cevaplar ancak içini çekmekten ve ara sıra da derin derin ah vah etmekten ibaretti. Kendi kendine Hacı Baba'nın her söylediğini reddediyor, hiçbirini kabul etmiyordu. Ama bir şey söylemeye de cesaret edemiyordu. Sonunda yattılar. Fitnat Hanım bütün gece uyuyamadı. Yatağında gözyaşlarına boğuldu.

Ertesi gün Şerife Kadın gelir ve Ali Bey'den kesin cevap getirir. Nişan değiştirirler.[1] Ali Bey bir vekil tayin eder, mahalle imamını da çağırıp nikâhı kıyarlar.

Kara Gün

Ertesi gün Fitnat Hanım odasında tek başına oturmuş ağlarken bakar ki kapı açılır ve Ragıbe Hanım içeri girer. Fitnat Hanım gayriihtiyari hüngür hüngür ağlayarak kalkar ve Ragıbe Hanım'a doğru yürür. Bir iki adım attıktan sonra birdenbire kalır. Vücudu düşecek derecede titrer. Ragıbe Hanım bu hali görünce şaşırarak:

— Aman kardeşim! Bu ne haldir? Ne oldun? Allah aşkına kendine gel! Ne oldun?.. diyerek ve o da kendini tutamayıp, sebebini bilmediği halde ağlayarak boynuna sarılır.

İkisi otururlar. Ragıbe Hanım hâlâ bu durumun sebebini sormaya devam ediyordu. Fakat Fitnat Hanım içini çekmekten ve dudaklarının titremesinden konuşamıyordu. Bir süre sonra Fitnat biraz kendine gelince:

— Ah kardeşim, bilsen bu ağlamanın sebebi nedir! Ah, bu bir sırdır, şimdiye kadar senden saklamıştım. Ama... ama... bugün söyleyeceğim. Biliyorum ki beni kardeşten de çok seversin. Sana derdimi anlatacağım... Ben senin... senin... senin... kardeşini seviyorum. Gönlüm ona öyle bağlanmış ki gördüğüm zaman gözlerim kamaşıyor. Gördüğüm zaman iradem kayboluyor. Bütün gün pencerede bekliyorum. Bir gün görmesem çıldırırım. Daima aklım onunla meşgul, her gün onu düşünüyorum. Bütün gece rüyamda

---

1 Nişan yapmak, karşılıklı hediyelerin alınıp verilmesi.

onu görüyorum. Sen kardeşine çok benziyorsun, onun için seni bu kadar seviyorum. Adeta sana da âşığım. Onu göremediğim zaman seni görerek teselli oluyorum... dedi.

Talat Bey gözlerini Fitnat Hanım'ın o an kıpkırmızı olan yüzüne dikmiş ve kendi yüzünün rengi de her bir saniyede kıpkırmızıdan sapsarıya ve sapsarıdan kıpkırmızıya değişerek Fitnat Hanım'ın içini çekerek kesik kesik söylediği bu sözlerine kulak vermiş ve büyük bir hayret ve şaşkınlık içinde kalmıştı.

Fitnat konuşmanın burasında Talat'ın boynuna sarılınca, Talat balmumu gibi sapsarı kesilerek titremeye başlar. Söyleyecek söz bulamaz. Nasıl hareket edeceğini bilemez. Fitnat Hanım'ın bu davranışı, böyle bir aşk ve sevgi beslemesi zavallı Talat'ın bütün irade ve idrakini elinden alır. Bir süre sonra kendini zorlayıp, kızararak ve sesi titreyerek:

— Kardeşim, ağabeyim sizin sevginize layık değildir. Kendini size beğendirecek kadar güzel değildir. Bununla beraber madem sevdiniz... Fakat bunda ağlayacak ne var? Siz onu bir defa severseniz, o sizi bin defa sevecektir. İnşallah Cenabıhak birbirinize nasip eder...

— Heyhat! Heyhat! Ah, ah!.. Artık bitti. Ben de o ümitle yaşıyordum, lakin yazık ki o ümit yok artık. Bitti! Beni nişanladılar, başkasına verecekler!

Fitnat Hanım içini çekerek ancak söyleyebildiği bu sözleri bitirdiği gibi gözlerini elleriyle kapayarak hüngür hüngür ağlamaya başlar. Biraz sonra gözlerini kaldırıp bakar ki Ragıbe Hanım yastığa dayanmış, gözlerini tavana dikmiş, ölü gibi donmuş kalmış. Seslenir, sallar, kendine getiremez. Sonunda biraz soğuk su alıp yüzüne serper, güç bela kendine getirir. Talat Bey kendine gelir gelmez gözyaşı dökmeye, ağlamaya başlar. Fitnat Hanım yine ağlayarak:

— Aman, siz ağlamayın! Niye ağlıyorsunuz? Bana acıdığınızdan mı? Vah vah! Ben sizi de ağlattım, der.

Talat Bey, Fitnat'ın dizlerine kapanarak:

— Fitnat'ım! Siz yeter ağladınız artık. Şimdi benim ağlayacağım vakittir. Bu durumda ağlamak asıl benim hakkımdır. Ah felek! Bana bunca nimet gösterdikten sonra nasıl birdenbire mahrum etmek istiyor! Ah, beni senin kucağına kadar soktuktan sonra şimdi nasıl ayırmaya razı olur! Ben senden ayrı nasıl yaşayabilirim, toprak altına hapsolmadan!

— O nasıl söz Ragıbe! Ne söylüyorsun? Anlayamıyorum... Şuurunu mu kaybettin?

— Fitnat'ım! Senin ayağındayım... İstersen affet, istersen kendi elinle beni öldür... Öldür! Beni bu dünyadan kurtar. Sana olan aşkımın şiddeti beni böyle hilelere başvurmaya mecbur eyledi. Maksadım görüşmekti. Fakat yine suçlu benim...

— Ragıbe! Ragıbe!

— Ragıbe deme artık. Benim ismim Ragıbe değil. Talat de, Talat.

Talat böyle diyerek başından yemenisini, takma saçını ve göğsünden meme yerine koyduğu pamuk parçalarını çıkarıp atar. Başında doğal erkek saçı kalır. Fitnat bu olayı gördüğü ve bu sözleri işittiği gibi birdenbire yerinden kalkarak bir iki adım geriye çekilir. Ellerini kilitler, gözlerini ayaklarına diker. Bir beş dakika kadar hiç hareket etmeksizin öylece durur. Sonra olduğu yerde kendini minderin üzerine atar. Başını önüne eğmiş ve gözlerini dizlerine dikmiş hareketsiz durmaya devam eder. Talat da odanın ortasında, başı açık, yüzünü ellerine dayamış, önüne bakarak düşünür. O anda hiçbiri ağlamıyordu. Fakat yanakları, kirpikleri hâlâ yaştı. Bir on dakika kadar böyle geçer, hiçbiri gözlerini kaldırıp ötekinin yüzüne bakmaya ve belki de gözlerini kımıldatmaya cesaret edemez. Biri kendini suçlu hisseder; öteki, kız kardeşi gözüyle baktığı kişinin içinde, kavuşmayı imkânsız zannettiği ve o anda –yanında olduğu halde– kendisinden ümitsiz olduğu, sevgilisini keşfetmiş... Sonunda Talat birdenbire kalkıp Fitnat'ın ayaklarına kapanarak:

— Aman! Ya affet, ağzından bir kez "affettim" sözünü duyayım ya da kendi ellerinle beni öldür. Öldür! Ah, ölmek... Ölmek ne büyük saadettir. Mademki senden ayrılacağım, mademki seni bir daha gör... göremeyeceğim... Ah ölmeli... Ölmeli! Fitnat'ım beni kendi ellerinle öldür. Aman bana gücenme... Bana darılma... Off!.. Bu ne büyük azap! Kadın kılığına girerek, bin türlü hileye başvurarak melek gibi masum bir kızın yanına sokulmak... Her gün kendisiyle dudak dudağa öpüşmek! Ah bu ne cesaret! Bu ne küstahlık! Ah Fitnat'ım, çok kabahat işledim. Lakin düşün ki bütün bunları ben yapmadım. Aşk... Ah, aşk denilen vesveseci yaptı. Fitnat'ım ya beni affet, yüzüme bak, bir söz söyle ya da beni öldür, bu azaptan kurtar. Böyle dargın durma. Bu bana büyük bir azaptır!

Fitnat Hanım ise Talat Bey'e darılmamıştı. Hiç insan kendi ruhuna darılır mı? Lakin karşısındaki artık Ragıbe Hanım değil, Talat Bey'di. Hem hangi Talat Bey?.. Fitnat'ın kendisinden ümidi kestiği, kendince ölmüş saydığı Talat Bey! Fitnat Hanım'ın vücudunda bir titreme, gönlünde bir korku vardı. Gözlerini kaldırıp Talat Bey'in yüzüne bakmaya korkuyor, utanıyor, velhasıl cesaret edemiyordu. Lakin Talat Bey'in söylediği sözlere de dayanamayarak:

— Ah, ruhum Talat! Ben mi sana darılacağım!.. Sen bana hiçbir kötülük yapmadın. Ben seninle görüşmek için canımı verirdim... Fakat niçin... niçin kim olduğunu bana önceden söylemedin? İşte sende yalnız bu kabahat var. Ama yok, yok... Sana kabahat yükleyemem... Her ne yaptıysan kabulümdür. Lakin eyvah! Felek bütün ümitlerimizi yok etti! Bizi ümitsiz bıraktı! diyerek Talat'ın boynuna sarılıp hüngür hüngür ağlamaya başladı. Talat ondan fazla ağlıyordu.

İşte yarım saat kadar bu iki biçare birbirinin boynuna sarılarak hiçbir söz söylemeksizin ağlaştılar. Birinin gözyaşları öbürünün boynuna dökülüyordu. Sonra Talat, Fitnat'ı nasıl görüp âşık olduğunu ve nasıl kız kıyafetine girdiğini Fitnat Hanım'a ağlayarak birer birer anlattı. Fitnat Hanım da Talat Bey'i nasıl sevdiğini ve kız kıyafetiyle gördüğünde bile nasıl etkilendiğini ve Talat Bey'le evlenmeye dair nasıl hayaller kurduğunu anlattı. Sonra Talat bu derde bir çare bulmak konusunu açınca Fitnat Hanım:

— Ah! Bitti artık... Çaresi yok! Ben ne kadar ağladım... Nasıl bayıldım... Emine Kadın'a evlenmeyeceğimi ne kadar söyledim... Fayda vermedi. Babam, ah babam! Hiç kulak asmıyor! Kendi bildiğinden hiç şaşmıyor.

— Fitnat'ım! Kendisine söyle, ayağına düş "Kendimi öldüreceğim" de. Belki Cenabıhak ister de razı olur. Bu gaddarlıktan vazgeçer.

— Ah! Kendisine söylemeye cesaret edemiyorum. Lakin kendimi zorlayacağım, söyleyeceğim. Eğer razı edebilirsem... Fakat, heyhat! Nikâh da kıydılar... Bana hiç sormaksızın nikâh kıydılar!

— Aa! Nasıl olur? Kendin rıza vermedikçe nasıl nikâh kıyılır?

— Ah! Benim aklım başımda değildi. Benim ne "olur" ne "olmaz" demeye mecalim vardı. Odamda komşudan bir kız vardı. İmam perdenin arkasından sorduğu zaman Emine Kadın baktı ki ben cevap veremeyeceğim, benim yerime cevap vermesi için o kıza işaret etti. İşte bu şekilde işi bitirdiler.

— Fitnat'ım! Siz yine babanıza bir rica edersiniz, ayağına düşersiniz, "O kocaya varmadan kendimi öldüreceğim" dersiniz. Belki acır, belki bir çare bulunur... Olmazsa... olmazsa... siz sağ salim kocanıza varınız. Beni unutunuz!

— Seni unutayım!.. Demek ki sen beni o kadar çabuk unutacaksın!..

— Ah! Ben her şeyi unutacağım! Dünyayı unutacağım! Dünya da beni unutacak! Fakat siz beni unutmak istemezseniz mezarımı arayın, bulun. Ara sıra ziyaretime gelin. Birer Fatiha'yla ruhumu şad edin... Size feda olduğumu hatırınıza getirin, ama üzülmeyin, ağlamayın!

— Talat! Başımdaki dert yeter! Beni daha fazla ağlatmak mı istiyorsun? Sen kendini bana feda edeceksin, benim için canını terk edeceksin, bana da "Sağ salim kocana var" diyeceksin! Ah, sen de gaddarmışsın! Sadece kendine acıyorsun. Ben bu kara haberi işittiğim gibi kendimi öldürebilirdim. Bütün bu belalardan, bu zahmetlerden bir nefeste kurtulabilirdim. Fakat senden birdenbire ümidimi kesmedim. Evet, senden ümidimi kesemem, daha ümidim var. Bilemeyiz felek ne gösterir. Şimdi, senin de bana olan sevgini anlamışken... Şimdi kendime hiç kıyamam! Çünkü sana acırım. Bilirim ki ben ölürsem senin derdin birken yüz olacak. Bilirim ki sen beni unutamayacaksın. Evet, bunu çok iyi biliyorum, çünkü kendimle kıyaslıyorum. Sense yalnız kendini düşünüyorsun. Talat'ım, sakın öyle bir şey yapma! Bana acı, gençliğine acı! Ben kocaya varmam, ben seni bırakmam. Bir şey elde edemezsek hiç olmazsa haberleşelim ikimiz birlikte canımıza kıyalım. Hiçbirimiz diğerinin öldüğünü işitmesin...

Talat Bey peruğunu alır, gelişigüzel taktıktan sonra Fitnat Hanım'a yanaşarak:

— Ben gidiyorum... Gidiyorum ve belki de bu seni son görüşüm! Belki bugün sana ilelebet "Allah'a ısmarlarım" diyeceğim. Belki bir daha görüşemeyeceğiz! Ah!..

— Aman! Niçin?.. Canım, yarın sabah gel, beni yalnız bırakma. Ben yalnız kalırsam bütün bütün çıldırırım. Aman gel!

— Ben şu olanlardan sonra geleyim... Nasıl geleyim?

— Aman, o nasıl söz! Niçin gelemeyeceksin? Beni bu kadar mı seviyordun? Bu günler... Ah, ah! Bu günler, belki kavuşmamızın son günleridir. Belki de ömrümüzün son saatleridir. Aman! Bu birkaç gün benden ayrılma, ta ki ya selamete çıkalım yahut... Allah aşkına! Yarın sabah gel...

Talat Bey, Fitnat Hanım'ın içini çekerek söylediği bu sözlerine cevap olarak epey gözyaşı döker. Sonra giyinir. Fitnat Hanım'la ağlaşarak öpüştükten sonra canından ayrılır gibi çıkar gider.

Fitnat Hanım bir köşede oturmuş, Ragıbe Hanım olarak bildiği dostunun, sevdiği adam Talat Bey olduğunu ve kendisini ne çok sevdiğini aklına getirdikçe çok mutlu olarak kendi kendine, "Benim bunca zamandır sevdiğim, gece gündüz düşündüğüm, kendisine yandığım adam da beni o kadar seviyormuş, o da beni düşünüyormuş, bana yanıyormuş! Meğer ben geceleri rüyamda onu görüp zevk aldığım anda o da beni görerek zevk alıyormuş! Hem onun sevgisi benim sevgimden fazla... Bak, benimle görüşmek için ne kılığa girmiş!" diyordu. Fakat ardından benzi değişerek, gözyaşları dökülerek, "Ama... Eyvah! Benim sevgim neye yarar? Onun sevgisi neye yarar? Bu sevgilerimizi kendimizle beraber mezara götüreceğiz! Muradımıza eremeyeceğiz! Bu aşk ve sevgi bizim celladımız olacak! Ah, ah!.. Ben onu seviyorum, o beni seviyor... İnsanın sevdiği adam tarafından sevilmesi, kendisini seven adamı sevmesi ne büyük şey! Ne güzel şey! Fakat heyhat! Bizde bu şartlar olduğu sürece dünyanın en kara bahtlılarıyız! Ah felek, ah!.." diyerek düşünmeye ve ağlamaya başlar.

Bir Hile

Fitnat Hanım bütün o geceyi de böyle ağlayarak geçirir. Ertesi sabah kalkar, dört gözle Talat Bey'i bekler. Talat Bey gelmez. Öğle okunur gelmez, ikindi okunur yine gelmez, akşam okunur gelmez. Nihayet o gün gelmez. Ertesi gün de öyle, öbür gün de öyle...

Fitnat Hanım bir taraftan kederden ağlamasından, bir taraftan uykusuzluktan, bir taraftan da Talat Bey'i merak ettiğinden o bir iki günün içinde çok zayıflar. Sağlığı bozulur ve o gül gibi çehresi solmaya başlar. Acınacak bir hale gelir. Fitnat Hanım'ın haline en çok acıyan zavallı Emine Kadın çok üzülüyor ve kız görmesin diye sürekli mutfağa çekilerek ağlıyordu. Bir gün Emine Kadın, Fitnat Hanım'ı zayıf, keyifsiz, mecalsiz bir halde bir köşede kıvrılmış ağlarken gördü. Zavallı kadıncağız kendini tutamayarak gidip Fitnat'ın boynuna sarıldı ve hüngür hüngür ağlayarak:

— Kızım yapma! Allah aşkına yapma, insaf! Baksana haline. Nasıl sarardın, nasıl zayıfladın! Nerede o gül gibi yanakların! Yazık sana!

— Ah anacığım, benden ümidi kesin artık! Öleceğim... Öleceğim... Kan tükürüyorum. Verem oldum.

— Allah'a emanet! Allah'a emanet! Kızım böyle şeyler düşünme, bir şeyin yok. Niçin öleceksin! Eğer evlenmek istemiyorsan ağaya söyleyeyim de bir çaresine bakalım. Biz senin iyiliğin için seni öyle bir eve vermek istiyoruz. Sen istemedikten sonra...

— Ah anacığım, öyle bir şey yaparsanız belki kurtulurum. Hep üzüldüğüm şey odur...

— Olur, inşallah olur. Sen hiç üzülme. Vah evladım! Biz seni zorla verir miyiz?

Emine Kadın böyle diyerek ve gözlerini silerek, kalkıp aşağıya gider. Hacı Baba'ya der ki:

— Oğlum, bu kızın hali nasıl olacak? Baksana günden güne zayıflıyor. Allah esirgeye...

Hacı Baba kaşlarını çatmış, marpucu ağzına almış, sıkı sıkı nargileden çeker. Hiç cevap vermez. Birkaç dakika böyle düşündükten sonra marpucu bir tarafa bırakarak:

— Nasıl olacak? Ben de bilmiyorum. Ben de kızın halini görüyorum ve bu haline acımıyor değilim. Fakat kızın bu birkaç gün ağlamasını ömrünün geri kalanında zahmet çekmesine tercih ederim. Kız Ali Bey'e varırsa cennete düşmüş gibi olur. Böyle bir talih her zaman önüne gelmez.

— Orası öyle ama çok ağlıyor, çok zayıflamış. Korkarım, Allah esirgeye, bir hastalığa düşmesin! Bir de çehresi de bozuluyor. Sonra kocaya nasıl veririz?

— Öyleyse bir şey yapalım. Kıza diyelim ki "Peki, o kocaya vermeyeceğiz." Sonra evleneceği gün Ali Bey'e de haber yollarız, onu da razı ederiz. Kıza deriz ki "Üsküdar'da kiralık bir ev tuttuk. Bu yazı orada geçirelim." Böyle aldatarak kızı Ali Bey'in konağına götürürüz. Sonra o konakları falanı görünce hoşlanacak. Sonra Ali Bey'i görecek. O da genç, güzel, gayet nazik... Onu da beğenecek. Hem kız da şimdi kendisine "evlendirmeyeceğiz" dediğimiz anda ağlamadan kesilecek. Sıhhati, çehresi de bozulmayacak. Olmaz mı?

— Peki, peki, böylesi daha iyi.

Bu konuşmadan sonra Hacı Baba kalkıp yukarı gider. Fitnat'a:

— Ben rahat edesin diye seni böyle bir yere vermek istedim, fakat madem istemiyorsun ben de vermem. Ali Bey'i de vazgeçmesi için ikna ederiz.

Fitnat Hanım bu sözü işittiği anda Hacı Baba'nın dizlerine kapanıp ağlayarak:

— Bilirim ki siz benim iyiliğim için çalışırsınız... Fakat... fakat... bilmem... Gönlüm istemedi. İnşallah hayırlısı böyle olur.

Hacı Baba bir şey söylemeksizin yine aşağı iner. Fitnat Hanım sevincinden çıldıracak! Hemen yüzü gülmeye, rengi yerine gelmeye başladı.

Geçici Bir Sevinç

Üç gün geçtiği halde Talat Bey Fitnat'ın yanına gelmemişti. Acaba niçin?.. Acaba bir engel mi vardı? Yoksa Fitnat'tan ümidini kesti de vaz mı geçti? Belli değil. Fitnat Hanım, Talat Bey'i dört gözle bekliyordu ki müjde versin ve muratlarına ermek için beraber düşünsünler, çaresini bulsunlar... Fakat bir gün geçti, iki gün geçti, bir hafta oldu, Talat Bey gözükmedi. İşte Fitnat Hanım'a başka bir sıkıntı! Talat'ın neden gelmediğini merak eder. Şerife Kadın'a "Ragıbe Hanım'ı gördün mü? Evi neredebir?" diye sorar. Şerife Kadın da görmemiş ve evini bilmezmiş. Fitnat Hanım da evini bilmez ki gizlice birisini göndersin de sorsun. Zavallı Fitnat "Talat Bey belki üzüntüden kendini öldürmüştür" diyerek çok merak ediyordu. Sonunda huzuru kaçtı ve eski kötü haline döndü.

İki hafta böyle geçtikten sonra bir pazartesi günü Hacı Baba, Fitnat Hanım ve Emine Kadın'la yemek yerken:

— Bu yazı burada çıkarmayacağız. Bugün tanıdığım büyük efendilerden birisi bana "Üsküdar'daki konağım boştur, istersen git birkaç ay otur" dedi. Eğer gidersek çok hoşlanacaksınız. Konak gayet yüksek ve ferah bir yerde. Hem konak çok büyüktür. Fakat biz en iyi hava alan tarafında bir iki oda tutar otururuz, gerisi boş kalsın...

Emine Kadın buna çok sevinir gibi yaparak:

— Aman bir an evvel gidelim, burada patladık, der.

Fitnat Hanım "Sonra Talat Bey beni bulamayacak" korkusuyla bu mekân değişikliğine çok razı değildiyse de bir şey söylemeye cesaret edemez. Sonunda perşembe günü gitmeye karar verirler. Çarşamba günü Şerife Kadın gelir ve Fitnat Hanım'a bir zarfın içinde bir mektup getirip verir. Fitnat Hanım zarfın üzerindeki yazının Talat Bey'in yazısı olduğunu anlar, çok sevinir. Elleri titreyerek mektubu açar. Önce imzasına bakar: "Ragıbe!" Artık bir sevinç!.. Bir sevinç! Talat Bey bu mektubu bir ilkokul öğrencisinin okuyacağı şekilde yazmıştı. Fitnat okumaya başlar. Şöyle yazılmıştı:

Fitnat'ım!

İki haftadır görüşemiyoruz. Bilmem merak ettiniz mi? Aklınıza bir şüphe geldi mi? Fitnat'ım, gelemememin sebebi şudur: Sizden o kara haberi duyduğum o kara günde... O gün, yani sizden ayrıldığımda akşamdı. Sizden çıktım, koşarak Şehzadebaşı'na gittim. Giderken terledim, gider gitmez de soyunup elbiselerimi değiştirdim. Oradan da evime gittim. Gerek yolda ve gerek evime gittikten sonra durmadan ağlıyordum. Bilemem ağlamaktan mı, üzülmekten mi, yoksa soğuk mu aldım?.. Her nasılsa ertesi sabah yatağımdan kalkamıyordum. Başım çatlayacak derecede ağrıyordu. Ardından şiddetli bir sıtmaya yakalandım. Yirmi dört saat sıtma yakamdan düşmedi. Ateş gibi yanıyordum. Sonra kendimi kaybettim, hiç kendimde değildim. İşte o zamandan şimdiye kadar ölmüş gibiydim. Hiçbir şeyden haberim yoktu. Zavallı annem!.. Bana ağlamış, benden ümidini kesmişti. Beş on saattir kendime geldim. Kendime geldim ama vücuduma hiç hâkim değilim. Yerden kımıldanamıyorum... Şimdilik daha fazla yazamam. Çünkü kolum kesildi, gözlerim yoruldu. Fitnat'ım, ne halde bulunduğunuzu çabuk yaz. Mektubu Şerife Kadın'a ver, ben birini gönderir alırım. Ah Fitnat'ım, ah! Bu hastalığımda mümkün olaydı da bir defa yastığımın ucunda bulunaydın!.. Ah, şüphem yok hemen şifa bulurdum. Ah!.. Ah!..

Ragıbe

Fitnat Hanım bu mektubu okurken gözyaşları çeşme gibi akıyordu. Zavallı Talat'ına çok acıdı, yüreği yandı. Bununla beraber bu mektup onu çok teselli etti. Çünkü kendisi Talat Bey hakkında, Allah esirgeye, daha fena şeyler düşünüyordu. Olanlara nispeten bunu hafif buldu. Hem Talat Bey iyileşmeye başlamıştı. Velhasıl Fitnat Hanım hem teselli olmuştu, hem de gözyaşlarını zapt edemiyordu.

Şerife Kadın, mektubun bu kadar gözyaşına sebep olmasına şaşırarak:

— Mektup kimdendir? Niçin bu kadar ağlamanıza sebep oldu? İçinde ne var? diye sorar.

— Ragıbe Hanım'dandır. Zavallı iki haftadan beri hastaymış, hiç kendinde değilmiş. Dün biraz kendine gelmiş, fakat yine pek ağır hastaymış, işte onu yazıyor...

— Vah vah vah! Zavallı Ragıbe! Evini bilseydim giderdim ama bilmiyorum. Çok severim şu kızı, Allah şifalar versin. Cevher gibi bir kızcağızdır!

— Bendeniz de bir mektup yazıp size vereceğim. Evinize bir adam gönderir alır. Öyle yazmış çünkü.

— Peki peki, yazınız da...

Fitnat Hanım hokkayı, kalemi alır ve şu mektubu yazar:

Ragıbe'm!

Mektubunuzu aldım. Hasta olmanıza çok üzüldüm, pek çok üzüldüm, ama teselli de oldum. Çünkü Ragıbe'm iki haftadan fazladır ki seni görmüyordum, senden hiçbir haber yoktu. Aklıma neler gelmedi ki... Ne kadar merak etmiştim... Ne kadar ağlamıştım... İnşallah, Cenabıhak şifalar versin, iyi olasınız da görüşelim. Size söyleyeceğim şeyler çoktur. Hem de söyleyeceğim şeyler kederlendirmeyecek, sizi ağlatmayacak. Artık felek bizden yana dönüyor. İnşallah muradımıza ereceğiz. Ben sonunda babamı ikna ettim, beni evlendirmeyecekler. O herifi de ikna ettiler, o da vazgeçti. Siz gittikten sonra üç gün daha ağladım. Ah, o üç gün!.. Ah, o üç gün!.. Dördüncü gün bütün o kederlerden kurtuldum. Ama sizi göremiyordum, sizi bilemiyordum... İşte başıma başka bir keder gelmişti. Hele bu mektubunuz -her ne kadar hastalığınızı haber verdiyse de- bana ne kadar teselli verdi! Ne kadar dertlerden, endişelerden kurtardı! Ah Ragıbe'm -şimdilik Ragıbe diyeceğim, çünkü bu isim bana daha yakın geliyor ve ağzım bunu daha telaşsızca telaffuz ediyor. Size bu isimle hitap ettiğim için üzgünüm- iyi ol da görüşelim. Çünkü birbirimizin kim olduğunu anladıktan sonra hiç görüşemedik. Ragıbe'm, biz yarın -bir iki ay oturmak üzere- Üsküdar'a gidiyoruz. Oradan size mektup yazacağım ve Şerife Kadın'a vereceğim. Birini gönderip Şerife Kadın'dan almalısın. Mektubumda gideceğimiz evin adres ve numarasını yazacağım ki iyileştiğinde gelebilesin. Ah zavallı Ragıbe'm! Keyifsizsin, rahatsızsın, ne çare... Bu mektubum şüphesiz ki bir ilaç yerini tutacak, bir tabip hükmünde olacak. Ragıbe'm, nasıl olduğunuzu yazınız. Mektuplarınızı Şerife Kadın'a gönderin, o bana getirir. Allah şifalar versin! Allah'a ısmarlarım! İnşallah yakında görüşürüz...

Fitnat

Fitnat Hanım bu mektubu zarfa koyar, mühürler, Şerife Kadın'a verir ve:

— Bu mektubu alınız, Ragıbe Hanım birini gönderdiğinde veririsiniz, der.

Şerife Kadın biraz sonra kalkar gider. Fitnat Hanım, Talat Bey'den aldığı mektubu yüzüne gözüne sürerek üzerine hasretle gözyaşı döküyordu.

Yazlığa Taşınma

Ertesi gün, yani perşembe günü, yukarıda anlattığımız gibi Hacı Baba'nın ailesi sözde yazlığa gideceklerdi. Hacı Baba önceki gece Fitnat Hanım'a şöyle demişti:

— Kızım, oraya gittiğimizde elbette komşulardan hanımlar, kızlar sizi görmeye gelecekler. Yarın şu ipek elbiselerinizi giyinin de öyle gidelim.

Fitnat Hanım da bu tembih üzerine ertesi gün sabahleyin kalkıp güzelce süslenip püslendi. En güzel elbiselerini giyerek başına ve parmaklarına elmaslar taktı. Velhasıl zavallı bilmeyerek, bir gelin gibi giyindi. Fitnat Hanım o zamana kadar evden çıkmamıştı. Vapura hiç binmemiş, denizi hiç görmemiş, Üsküdar'a hiç gitmemişti. Seyahat edeceğine ve özellikle Hacı Baba'nın dediği gibi orada kızlar ve hanımlarla görüşeceğine çok seviniyordu. Yalnız Talat Bey'den uzak düşeceğine yanıyordu. Fakat ona da Şerife Kadın'la haber yollayacak, onu da oraya davet edecekti. Biliyordu ki Talat kendisiyle görüşmek için her nereye olsa gelirdi. İşte bununla teselli buluyordu.

Nihayet Fitnat Hanım giyindikten sonra feraceye bürünür. Emine Kadın da bürünür. Araba kapıda bekliyordu, çıkıp binerler. Eminönü'ne gidinceye kadar ne Fitnat Hanım ne Emine Kadın ağızını açıp bir şey söyler. İkisi de bir hayale, bir düşünceye dalmıştı. Fitnat, Talat'ı düşünüyordu. Lakin Emine Kadın'ın düşündüğü neydi acaba?.. Her neyse, o da bir şey düşünüyordu. Eminönü'ne vardıklarında arabadan çıkarlar, köprüye girerler. Bakarlar ki Üsküdar vapuru da hazır bekliyor, vapura binerler. Fitnat Hanım, vapura biner binmez birçok hanımın arasında bulur kendini. Emine Kadın'la beraber bir yere gidip oturur. O bütün hanımların kendisini bekliyormuş gibi etrafına toplandıklarını ve hepsinin dikkatle ona baktıklarını görünce Fitnat Hanım bu hale şaşırıp kalır, mahcup olur. Bu duruma bir anlam veremez. Zaten zavallı kız dünya görmemiş, zanneder ki vapurun âdeti budur. Etrafını almış olan hanımlara baktıkça, üzerlerindeki mücevherler ve diğer süslerden gözleri kamaşır. Hanımların hiçbiri Fitnat Hanım'a bir şey söylemez ama hepsi ona bakar ve ona baktıktan sonra birbirlerine bakarak bazı manalı işaretler yaparlar. Bir kız Fitnat Hanım'ın yanında oturmuş ve ona iltifat etmek, onunla konuşmak istese de bir şey söyleyemez. Ancak gülerek yüzüne bakar. Fitnat Hanım hem utanır, hem sıkılır, hem merak eder. Bu muameleden hiçbir şey anlayamaz, çok azap çeker.

Sonunda vapur Üsküdar iskelesine varır. Fitnat Hanım ile Emine Kadın kalkarlar. Diğer hanımların da bazısı önlerinde, bazısı arkalarında yürüyerek vapurdan çıkarlar. İskelenin yanında bekleyen birkaç araba görürler. Hani ya yukarıda bahsetmiştik, bir kız Fitnat Hanım'ın yanına oturmuş iltifat etmek istiyordu, işte o kız iskeleye çıktıkları gibi Fitnat Hanım'ı kolundan tutarak bir arabanın yanına götürür. Arabanın kapısını açıp "Buyurun" diyerek Fitnat Hanım'ı içeri sokar. Kendisi de girer. Emine Kadın da girer. Diğer hanımlar da öbür arabalara binerek sıra halinde yürümeye başlarlar. Fitnat Hanım buna ne mana versin! Evvela şu fikre varır: Bu kız gidecekleri eve komşu olmalı, onun için bir araba tutup karşılamaya gelmiş. Bu tamam! Ya öbür hanımların önden arkadan alay halinde yürümelerine ne mana vermeli?..

Zavallı Fitnat şaşırır. Bir de öbür arabaların her birine birer kumaşın asıldığı dikkatini çeker. Bilir ki bu âdet bir düğün âdetidir. Emine Kadın'a der ki:

— Canım kim evleniyor? Biz de düğüne mi gidiyoruz?

Fitnat Hanım'ın bu sorusuna karşılık kız kıpkırmızı olur, Emine Kadın işitmezden gelir. Hiçbiri cevap vermez. Emine Kadın bu sözü kapatmak için dereden tepeden konuşmaya başlar. Fakat Fitnat hemen işi anlar. Sapsarı olur, titremeye başlar. Lakin kızdan utandığından kendini tutar. İki üç dakika geçer geçmez büyük bir konağın kapısında bütün hanımlar inerler. Fitnat Hanım'ın yanında bulunan kız kolundan tutarak arabadan çıkarır. Diğer bir iki kız da gelir, Fitnat'ı kollarından tutarak merdivenden çıkarırlar. Merdiveni çıkarken Fitnat Hanım'ın ayakları tiril tiril titriyordu. Eğer kimse tutmasaydı, hiç şüphe yok ki yıkılıp düşecekti. Bir odaya sokarlar. Fitnat Hanım kapıdan girerken Emine Kadın'ın yüzüne ümitsiz bir bakışla bakarak:

— Neredeyiz? Nereye geldik? Burası neresidir? Bu kalabalık niçin?.. dedi.

Emine Kadın gözlerini yere dikip:

— Kızım, burası bundan böyle senin evindir. Bu hanımların hepsi komşular, ahbaplarındır. Bu kızlar senin cariyelerin. İşte senin talihin yavermiş! Artık kadrini bilmezsen, teşekkür etmezsen...

Fitnat Hanım, Emine Kadın'ın bu sözünü işittiği anda nerede olduğunu anlayarak hemen bayılıp düşer. Kızlar üzerine koşup yüzüne soğuk su serperler. Bütün konakta bir velveledir kopar. Biraz sonra Fitnat Hanım kendine gelir. Kendine gelir ama rengi sapsarı olmuş, dudakları kurumuş. Yanındaki bir kızdan kalabalık çekilsin de bir iki dakika yalnız kalsın diye rica eder. Ardından herkes çekilir, kapı kapanır. Fitnat, arabada beraber olduğu kızla kalır. Adı Serfiraz olan bu kız, Ali Bey'in cariyelerinden biriydi. Fitnat, yalnız kaldığı anda minderin üzerine yayılıp hüngür hüngür ağlamaya başlar. Zavallı Serfiraz şaşar, bu ağlamadan hayrette kalır. Gidip Fitnat'ı kaldırır, ağlamasının sebebini sorar, ağlamamasını rica eder. Lakin Fitnat Hanım'da ne sebebini söylemeye takat ve ne de ağlamamaya irade vardır. Durmaksızın ağlıyordu. Serfiraz'a da bir ağlama gelir ve o da ağlamaya başlar.

— Ah kardeşim! Ne kara talihimiz varmış! Biz düğün yapıyoruz diye sevinmekteyken bu ağlama nedir? Acep ne dertleriniz var? Acep ne belalara müptelasın? Ah! Yok yok. Hiçbir derdin yok. Hiçbir belaya müptela değilsin. Lakin... çocukluk... acemilik... Ah! Bu dökülen yaşlar nedir? Ciğerini ağzından çıkaracak gibi içini çekiyorsun. Allah aşkına sus, gözlerini sil. Bu ne demek? Yazık değil mi?

— Ah kardeşim, dertlerimi bilseydin... Kederlerimi bilseydin...

— Aman!.. Ne var?

Fitnat Hanım, Serfiraz'ın bu sorusuna cevap olarak sırrını ifşa edecek olur. Çünkü insanın bir derdi olduğunda sanki dermanını, çaresini bulacakmış gibi kime rastlarsa anlatmak ister. Anlatacak insan bulmadığı takdirde de kendi kendine yahut taşlara, duvarlara anlatmaya mecbur olur. Hâsılı Fitnat Hanım sırrını söyleyecek olur, fakat ardından kendini toplayarak susmayı tercih eder. Biraz sonra Serfiraz'ı Emine Kadın'ı çağırmaya yollar. Fakat bu meseleyi evvelden bilen kâhya kadın, Emine Kadın'a:

— Ben sizin dönmenizi münasip görüyorum. Çünkü kız sizi burada gördükçe böyle naz ediyor. Yanında eski tanıdıklarından kimsenin olmadığını görünce aklını başına toplar, utanır, demişti.

Emine Kadın bu fikri beğendiyse de Fitnat Hanım'ı bırakmaya gönlü razı olmuyordu. Nihayet biraz düşündükten, dolaştıktan sonra ağlayarak büründü ve kâhya kadına:

— Fitnat'ı size emanet bırakıyorum. Allah için dikkat ediniz. Üzülmesin. Ağlamasın... Ah Fitnat'ım ah!.. Seni bırakıyorum! diyerek ve hüngür hüngür ağlayarak Fitnat Hanım'a haber vermeksizin çıkıp gitmişti.

Serfiraz, Emine Kadın'ı bulamadı. Sordu, gittiğini öğrendi. Fitnat Hanım'a söyledi. Fitnat, Emine Kadın'ın gitmiş olduğunu anladığı anda bir o kadar daha hüzünlenip kederlendi.

Hâsılı Fitnat Hanım o günü ağlayarak sızlayarak geçirdi. Zavallı Serfiraz teselli vermek istiyordu, ama tesellisi Fitnat'ın gönlüne hiç tesir etmiyordu.

Beni Sevmiyor

Akşam saat onda Fitnat Hanım Serfiraz'la beraber oturuyordu. Her iki dakikada bir gözyaşları yanaklarından dökülerek yere düşüyor, ara sıra gönlünün içinden bir "ah" çekiyordu. Serfiraz ise sürekli Fitnat'ın yüzüne bakıyor, bir söz söylemeye cesaret edemiyordu. Fitnat Hanım ara sıra gözlerini kaldırıp Serfiraz'a bakıyor ve derhal başını eğip gözyaşları döküyordu. İşte bu iki kızcağız böyle bir hayrete dalmış, bir söz söylemeksizin ve kımıldamaksızın böyle otururken kâhya kadın kapıdan girer. Bir işaretle Serfiraz'ı dışarı çıkarır ve bir sandalyede oturarak Fitnat Hanım'a:

— Kızım, şimdi güvey bey gelecek. Sizi böyle bulmasın, gözlerinizi siliniz. Aa!.. Bu nedir? Hepimiz gelin olduğumuzda ağladık, nazlandık... Böyle şeyler yaptık, yaptık ama bu kadar da değil! Siz beş saattir ağlıyorsunuz. Hadi şimdi susmalı, ağlamanın sırası değil. Bak güvey bey geliyor. Gözlerini sil de kalk!

Kâhya kadın böyle söylerken ve Fitnat Hanım içini çekmekten başka bir cevap verememekteyken kapı açılır. "Geliyorlar" sedası her tarafta yankılanır. Bir halayık perdeyi kaldırmış, açık tutuyor. Kâhya kadın Fitnat Hanım'ı elinden tutarak kapının yanına götürür. Zavallı kızın hiç aklı başında değil, kendini bilmez, dizleri tir tir titriyor... Ali Bey girer. Odasının ortasında yayılmış olan seccadede iki rekât namaz kıldıktan sonra oturur. Kâhya kadın, Fitnat Hanım'ı elinden tutmuştu. Zavallının vücudu öyle titriyordu ki kâhya kadın tutmasaydı yere düşecekti. Kâhya kadın Fitnat'ın bu halini görünce bir sandalye çeker, oturtur. Biraz sonra kâhya kadın çıkar ve kapıyı kapayarak gider.

Ali Bey başını kaldırıp Fitnat'ın yüzüne baktığı anda öyle bir hale geldi ki, tarif kabul etmez. Çok etkilendi. Nasıl etkilenmesin ki... Fitnat'ı görünce sanki eski karısını gördü; aynı boy, aynı yüz, aynı göz... Velhasıl tıpkı o! Ali Bey bunu görünce on yedi seneden beri ayrılmış olduğu ve öldüğünü işittiği ve ölümüne de kendisinin sebep olduğuna inandığı eski karısını görür gibi oldu. Hem de ne halde gördü! İki gözünden çeşme gibi gözyaşı dökülür, başını eğmiş içini çeker. İşte böyle bir halde gördü. Artık nasıl etkilenmesin! Ali Bey şaşırır, ne düşüneceğini bilemez, kendi kendine, "Bu ne benzerlik! Bu nasıl benzerlik! O olmasın?.. Ne münasebet! O zamandan beri on yedi sene geçti, bu kız on yedi yaşında değil ki... Suphanallah! Bu ne tuhaf şey, yoksa rüya mı görüyorum? Mana âleminde miyim?" der.

İşte Ali Bey böyle bir hayrete dalar. Bu muammayı nasıl anlasın? Sigarasını sürekli çekip duruyor, ara sıra gözlerini kaldırıp Fitnat'a bakıyordu. Öyle ağladığını gördüğünde yüreği bin parça olur. İster ki bir şey söylesin, ağlamamasını rica etsin. Fakat cesaret edemez. Sonunda kendini zorlayarak biraz iltifat falan gösterecek oldu. Fakat kızın ürkerek daha çok ağlamaya başladığını görünce sustu. Başını yastığa dayayıp düşüncelere daldı. Bir saat kadar geçtikten sonra birdenbire başını kaldırıp:

— Hanımefendi, ne düşünüyorsunuz? Bir şey söylesenize! Uykunuz gelmedi mi?

Fitnat Hanım'ın bu soruya verdiği cevap bir ürkme ve bir iç çekmeden ibaretti. Ali Bey yine hayale, yine düşüncelere dalar. İki saat daha böyle geçer, ne Ali Bey Fitnat Hanım'ın yüzüne bakmaya veyahut bir söz söylemeye ve ne de Fitnat Hanım gözlerini ayaklarından kaldırmaya cesaret edebilir. Sanki ikisi de uykuya varmış da ortalığı bir sessizlik kaplamış. Seyrek seyrek nefes almalarından ve Fitnat Hanım'ın içini çekmesinden başka sessizliği bozan bir şey yok. İki saat böyle geçtikten sonra Ali Bey yerinden kalkarak, Fitnat Hanım'a, "Ben gidiyorum. Siz biraz rahat ediniz, yatınız. Allah rahatlık versin" diyerek çıkar.

Odadan çıktığı gibi kâhya kadını bulur:

— Bir kız gönder, gelin hanımla yatsın. Birini de bana öbür odada yatak yapması için gönder, der.

Kâhya kadın, Serfiraz'ı Fitnat'ın yanına gönderir ve kendisi de gidip Ali Bey'in yatağını yapar. Yatağı yaparken:

— Bu ayrı yatmanın manası ne? diye sordu.

— Ben de bilmiyorum, hiç sorma. Az daha dursaydım deli olacaktım. Şu kızı çok sevdim. Ne dersin, merhumenin aynısı değil mi?

— Ha, benziyor, benziyor. Ah çok benziyor! Siz daima güzel kadın alıyorsunuz. Ah ne şanslısınız!

— Lakin ne hikmettir bilemem, gözlerini kaldırıp bir kere bile yüzüme bakmadı. Ne kadar söz söyledimse hiçbirine cevap vermedi. Durmadan gözyaşı döküyordu! Görseydin nasıl içini çekiyordu...

— Evet, evet, gündüz de öyleydi, ama mazur görün efendim. Çünkü kızların âdetidir, öyle biraz yalandan ağlayacak, biraz naz yapacaklar. Hem de bu acemi, ufak, daha dünya nedir bilmez...

— Ah! Yok, yok... Keşke öyle olsaydı! Fakat değil. Ben naz gördüm, yalandan ağlamayı tanırım. Ama bu öyle değil. Ah! O kadar gözyaşı, o kadar içini çekmek yalandan nasıl olur? Hem o ağlamasına nasıl yanıyorum! Ah, ne zayıf gönlüm var... Bir defa görmekle şu kızı öyle bir sevdim ki canımı veririm! Fakat ah, şu kadın kısmı imansızdır! Ettiğim o kadar iltifatın karşısında bir yüzüme baksa... Bir cevap verse... Ah, yok yok! Bunda bir iş var. Beni sevmedi. Ah, sevmedi!..

Ali Bey böyle diyerek ve kendini tutamayıp hüngür hüngür ağlayarak, soyunup yatağa yatar. Kâhya kadın çıkar gider. Ali Bey hayaller kurarak, düşünerek taşınarak yatağın içinde döner durur. Uyku yok, canı sıkılır. Bu böyle dursun.

Fitnat Hanım, Ali Bey'in gitmesiyle minderin üstüne düşüp hüngür hüngür ağlamaya başlar. Serfiraz odaya girip onu bu halde görünce bir şey söylemeye cesaret edemeyerek bir köşede oturur. Fitnat Hanım kendi haliyle meşgul, onu hiç görmez. Yarım saat kadar böyle geçtikten sonra Serfiraz artık kendini tutamayarak Fitnat'ın ayağına düşer:

— Aman hanım, bu ne haldir? Bu ağlama, bu düşünme... Bunda ne hikmet var? Sizin bir derdiniz var. Evet, var. Hiç şüphem yok ki bu gözyaşlarınız sebepsiz değildir. Lakin canım rica ederim, ayağınızı öpeyim bu derdinizi bana söyleyin. Elimden geldiği kadar sizi bu dertten kurtarmaya çalışacağım. Aman benden saklamayın!

Fitnat Hanım Serfiraz'ın bu kadar rica ve ısrarına direnemeyip kimseye söylememesini rica ettikten sonra, ağlaya ağlaya bütün hikâyesini anlatır. Serfiraz çok etkilenir, çok ağlar. Bu iki kızcağız böyle dertleşerek, ağlayarak sabah saat beş çeyreğe kadar otururlar. O vakit Serfiraz, Fitnat'ı yatmaya mecbur eder.

Ertesi sabah Ali Bey kalkar. Bütün gece uyumadığından gözleri ceviz tanesi gibi dışarıya uğramıştı. Fitnat'ı görmek isteğiyle odasına gider. Usulüyle kapıyı açıp girer. Bakar ki zavallı Fitnat uyuyor. O ipek gibi saçları yastığın üzerine yayılmış, iki elini yastığın altına koymuş, yastığı gözyaşlarından su içinde kalmış. Yanaklarında gözyaşları kurumuş duruyor. Ali Bey bu manzara karşısında heykel gibi şaşırıp kalır, hiç hareket edemez. Bir müddet sonra Fitnat'ın gözyaşı içinde kalmış olan yanağından bir buse almak düşüncesiyle yatağa yanaşıp eğilir. Fakat tam başını eğip dudaklarını Fitnat'ın yüzüne yaklaştırdığı anda birdenbire Ali Bey'in vücudunda bir titreme, bir soğukluk meydana geldi. Hemen kendini geri çekti. Elleri, dizleri, çenesi tir tir titremeye başlar. Soğuk bir ter vücudunu kaplar, kalkar odasına gider. Bir kanepeye yayılıp ağlamaya başlar. Kendi kendine, "Ah, ne garip şey! Ben bu kızı daha dün gördüm. Bu bendeki hal nedir? Ah, kendisini seviyorum! Ama karşısında duramıyorum, yüzüne bakamıyorum. Bir söz söylemeye, merhametini istemeye cesaret edemiyorum. O da o kadar ağlıyor, o kadar mahzun ve kederli duruyor ki... Acaba bu hüznü, bu kederi, bu ağlaması nedendir? Naz değil, sahte değil, çocukluk değil... Değil, değil! Bunun bir sebebi var. Evet, bir sebebi var. Beni sevmemesinden başka ne sebep olabilir? Ah, evet evet, beni sevmiyor! Başkasını mı seviyor?.. Yoksa... Orasını bilemem lakin beni sevmiyor. Beni sevmiyor vesselam! Beni sevmiyor fakat ben onu seviyorum. Ah, seviyorum, canımdan çok seviyorum! Yürekten seviyorum! Seviyorum! Hem bu kadar çabuk sevmemin sebebi var, bu muhabbetim yeni bir şey değil. Bu eski bir aşkın tazelenmesidir. Evet, bu muhabbet eski eşime duyduğum muhabbetin aynısı. Çünkü bu, merhumeye o kadar benziyor ki bunu görünce merhumeyi görmüş gibi oluyorum ve ona olan aşk ve sevgim buna geçiyor. İlahi, bu ne hikmettir, bunun sırrı nedir? Ah seviyorum dedim, seviyorum ama ne yapayım? O beni sevmiyor! Vazgeçsem... Ah, vazgeçemeyeceğim. Nasıl vazgeçebilirim? Ama vazgeçmeyip de ne yapacağım? O beni sevmiyor. Ben onun hürriyetine nasıl mani olayım? Ben onunla nasıl yaşayabilirim? Of Rabbim, bu nasıl dert! Bu ne felaket! Ah, nasıl yapayım? Çıldıracağım!" der.

İşte Ali Bey bu tür düşüncelerle kâh kanepenin üzerinde oturarak, kâh odasının içinde gezinerek düşünüyordu. Biraz sonra Fitnat Hanım'ın kalktığını haber verirler. Ali Bey yanına gider. Yine akşamki macera! Fitnat başını eğmiş kâh ağlar, kâh içini çeker. Gözlerini hiç kaldırmaz. Ali Bey düşünceye dalmış, bir şey söylemeye cesaret edemez. Fitnat'ın yüzüne baktığı anda gözyaşları dökülür. İşte bir hafta kadar böyle geçer. Beraber olduklarında her biri bir köşede, heykel gibi donup kalıyor ve ayrıldıklarında her biri kendinden ümitsiz bir halde ağlayıp duruyordu.

Sayıklama

Bu hafta boyunca Ali Bey, çok defa Fitnat uyurken gidip yastığın başında oturuyor ve hayran hayran yüzüne bakarak ağlıyordu. Zavallı kız humma illetine yakalananlar gibi uyurken sürekli sayıklıyordu ve sayıklarken sürekli "Talat" ismini söylüyordu. Ali Bey bunu işitmiş ve kızın bu "Talat"a âşık olduğunu anlamıştı. Kendi kendine "Ah, Talat diye birini sayıklıyor. Kim bu Talat? Demek onu seviyor ha! Anladım, anladım. Bunun bu hali, bu ağlaması, bu kederi hep bundanmış. Talat, Talat... Ah, bizi bu hale getiren bu Talat'tır! Şüphem yok artık, kız onu seviyor. Nerede görmüş, nasıl tanışmışlar? Her nasılsa, onu seviyor. Beni sevmiyor, elbette sevmeyecek, önce onu sevmiş. Şimdi onu bırakıp da beni nasıl sevebilir? Üstelik kendisi gibi güzel bir delikanlı olmalı. O da bunu seviyordur, evet seviyordur. Sayıklamasından öyle anlaşılıyor. Ah! Bu güzel, o da güzel... Birbirlerini sevsinler de kavuşamasınlar, bir daha görüşmemek üzere ayrılsınlar! Of, ne zor şey! Zavallı Fitnat ağlamayıp da ne yapsın. Öbürü de böyle ağlıyordur şüphesiz. Ah, bunların muratlarına ermelerine engel olan kim? Ben! Ben! Ah, ben! Of, benden böyle bir fenalık gelsin?.. Benden... Benden... Ben ki şimdiye kadar bir karıncanın canına kastetmemişim. Böyle iki gencin canına kastedemem! Ben ki ilk karıma yaptıklarımdan dolayı vicdanım bir dakika yakamı bırakmıyor! Ben bir faciaya daha sebep olacağım!" diye söyleniyordu.

Ali Bey bu sözleri söylerken kendinden nefret etmeye başlar. Kendini öldürmek derecesine gelir. Kan içinde kalan gözlerini açıp deli gibi her tarafa korkutucu bir bakışla bakar. Ardından bir şey keşfetmiş gibi ani bir hareketle fırlayarak, "Yok yok, artık yakamı tekrar o vicdan düşmanın eline veremem! Benden böyle bir fenalık gelmez. Ben bunların kavuşmasına mani olamam... Olamam! Bilakis yardımcı olurum. Evet, yardımcı olabilirim. Ben kırk beş yaşındayım, bu kız benim dengim değil. Ben bu kızın babası olabilirim. Evet, zaten evladım yok. Ne olur şu kızı ben evlatlığa kabul etsem de, şu Talat dediği maşukunu damatlığa alsam..." dediyse de bu son kelimeleri söyler söylemez gözyaşları dökülür. Ayakta durmaya takati kalmaz, kanepenin üstüne atılır. Birkaç dakika ağlayarak düşündükten sonra, "Ah, ne diyorum? Ne diyorum? Kendi gönlüme böyle bir ihaneti nasıl edebilirim? Fitnat'ı başkasına teslim etmek... Başkasının kucağında görmek... Yok yok, bu olamaz. Böyle olamaz... Başka türlü olamaz... Ya nasıl olacak? Ah yarabbi, bu ne azaptır! Ne çok günahlarım varmış! İlahi, benim halim ne olacak? Ah! Bu halledilir bir mesele değil, ben çıldıracağım! Çıldırmaktansa... Rabbim beni mazur gör, katiller defterine yazma. Kendimi öldüreceğim. Evet, kendimi öldürmekte mazurum. Ölmekten başka benim için kurtuluş yok. Öleyim ki bu azaptan kurtulayım. O biçareler de kavuşsunlar" der.

Ali Bey bunları söylerken ve kendini öldürmek niyetindeyken çok sevdiği dostlarından birinin geldiğini haber verirler. Adam içeri girip Ali Bey'i öyle bir halde görünce şaşırır, sebebini sorar. Ali Bey başından geçenleri anlatır. Adam:

— Aman, böyle şeylere niçin önem veriyorsun. Kızların âdetidir, evlendiklerinde öyle biraz nazlanırlar. Başka hiçbir şey değil.

— Talat isminde birini sayıklıyor birader!

— İnsan sayıkladığında elbette Talat, Ahmet, Mehmet, Zeynep... öyle bir şey sayıklar. Bu sayıklamasından ona âşık olduğunu nereden anladın?

— Yok birader yok, onu seviyor. Çok iyi anladım ki onu seviyor.

— Velev ki sevsin efendim. Kız evleninceye kadar gözleri kapalı değildir ki... Bugün bir güzel delikanlı görüp sever, beş altı gün onu sayıklar. Sonra başkasını görür, öbürünü unutur, onu sever. Evlendiğinde beş altı gün o evvelki hayallerle meşgul olur. Sonra hepsini unutur. Kocasıyla, evle, ailesiyle meşgul olur, sevgisi bu tarafa kayar.

Adam böyle birçok nasihat verip, birçok örnek gösterirse de Ali Bey'i ikna edemez. Bununla beraber biraz teselli etmiş olur. O ümitsizlikten çıkarır, kendini öldürmek niyetinden vazgeçirir.

Yine Bir Mektup

Fitnat Hanım kendinden çok Talat Bey'e acıyordu. Talat Bey'i düşündükçe, "Ah zavallı çocuk! Ben onu nasıl seviyorsam o da beni öyle seviyor! Evet, seviyor. Hiç şüphem yok, seviyor. Beni deli gibi sevmese öyle melek gibi bir adam kız kılığına girmek gibi hileler, entirikalar düşünür mü? Vah zavallı, hastaydı da... Kim bilir iyileşti mi, fenalaştı mı? Ah, geçenlerde kendisine mektup yazmıştım. Ah o mektup ne ümitler vermiş! Fakat heyhat! O ümitler bir rüya gibi geldi geçti. Ah, ah, yine ümitsizliğin pençesine düştük. Ah felek, felek! Bizi daha ne zamana kadar zorlayacaksın! Biz ne kabahat ettik? Ah babam... Babam bana iyilik yapmak niyetiyle beni mezara teslim edecek! Ben neyse, kendi kızıyım, fakat o zavallı çocukcağız... Çünkü korkarım o da benden sonra yaşamaz. Vah zavallı Talat! Sen şu anda rahattasın. Evet, her ne kadar hasta olsan da gönlün rahattır, bir ümidin vardır. Ya ben?.. Ömrümden ümitsiz! Ömrümden mi dedim? Ömrüm ne olacak! Dünyada en çok sevdiğim adamdan ümitsiz! Ah ömrümü ona kavuşmak için feda ederdim, fakat ömür olmazsa kavuşma da olmaz. Beş günlük bir kavuşmaya yirmi senelik ömrümü feda ederim. Lakin heyhat, heyhat! Ömür tükendi, kavuşma ümidi yok! Of of!.." diyerek gözyaşı döküyordu.

Bir gün Fitnat Hanım Serfiraz'la beraber oturmuştu. Ali Bey de dışarı çıkmıştı. Fitnat Hanım Serfiraz'a:

— Galiba nakış ustası Şerife Kadın buraya bazen geliyor.

— Evet, geliyor, bana nakış gösteriyor. Fakat bu hafta gelmedi. Bugün yarın belki gelir.

— Kardeşim bana bir hokka, kalem, biraz da kâğıt bulabilir misin?

— Baş üstüne efendim, bulayım.

Fitnat Hanım ne yazacaktı? Elbette Talat Bey'e bir mektup. Serfiraz hokkayı, kalemi, kâğıdı getirir. Fitnat Hanım şu mektubu yazmaya başlar:

Talat'ım,

Ah! Talat diyeceğim, çünkü bu isme alıştım artık. Şimdi bana "Talat" ismi, "Ragıbe" isminden daha tatlı, daha munis görünür. Talat'ım, bu mektup, ah bu mektup, o geçenlerde aldığın mektubun tam tersidir. O mektup size ne ümitler getirdi... Bu mektup ise sizi üzecek! Ah, ah Talat'ım, size verdiğim ümitlerin aslı çıkmadı! O ümitler yalanmış, beni aldattılar. Beni aldatarak ecelin pençesine teslim ettiler. "Yazlığa gidiyoruz" diyerek beni nikâhladıkları herifin evine getirdiler. Eve girmeden evvel işi anladım. Anladım ama ne yapabilirdim? Ağladım, sızladım hatta bayıldım bile. Az kaldı ölüyordum. Fakat kime ne? Emine Kadın... Ah beni o kadar seven Emine Kadın, beni bırakıp gitti! Tanımadığım, hiç görmediğim insanların arasında kaldım. Bir kızcağız bana acıyor, beni seviyor, benimle beraber oturuyor, o da olmasaydı ne olacaktım! Bana "Ali Bey'in haremi" derler! "Gelin" diye çağırırlar! Ah, bu sözlere, bu isimlere ne kadar gönlüm sıkılır... Ne kadar kötü etkiler... Ben gelin değilim. Elhamdülillah kızım, kızım ve kız öleceğim. Ben onun haremi değilim. Onun yüzünü bile görmemişim. Odama gelir, ama o odamda olunca bana kâbus mu diyeyim, sara mı diyeyim öyle bir hal gelir. Hiçbir zaman gözlerimi kaldırıp yüzüne bakmamışım. Fakat o da ağlıyor. Hem odamdayken hem de odasına gittikten sonra daima ağlıyor diyorlar. Demek oluyor ki o da beni sevdi. İşte beni üzen asıl budur. Çünkü böyleyse yakamı kolay kolay bırakmayacaktır! Ah Talat'ım, ah! Nerede o kurduğumuz hayaller, nerede o görüştüğümüz günler! Ah, o zaman birbirimizi bilmeyerek görüşürdük. Bir bilinmezlikte, bir karanlıkta sevişirdik... Birbirimizi tanıyalı bir defa görüşemedik. Talat'ım, belki daha hastasınız, belki daha sağlığınıza kavuşmadınız. Böyle acı acı sözlerle sizi rahatsız etmeyeyim. Bu dünyanın işleri böyle, gelir geçer. Talat'ım ben böyle yaşayamam, gece gündüz durmadan ağlıyorum. Buraya geleli, bir hafta oldu da bir kere gözlerimi kaldırıp etrafıma bakmadım. Nerede olduğumu bilmem. Ağzıma bir lokma yemek koymadım, bir saat uyumadım. Ben kederden, açlıktan ve uykusuzluktan öleceğim! Öleceğim ama bir daha seni görmeden canım çıkmaz. Ah, bir daha seni görsem! Beş dakika olsun beraber dursak, sonra ayrıldığımız gibi ölsem. Ah, dünya hiç gözümde değil. Dünyada her şeyden nefret ediyorum, hiçbir şeye acımıyorum. Yalnız sana... Ah Talat'ım, sana acırım! Ah seni nasıl bırakayım? Seni nerede bırakayım? Seni kimlere bırakayım? Bilirim ki ben ölürsem sen bana acıyacaksın, ağlayacaksın. Canımı dünyanın belalarından kurtarıp kendimi rahat döşeği denilen mezara atayım da dertleri sana bırakayım, öyle mi? Ya maazallah, sen de benim dertlere dayanamazsan, sana da bir şey olursa... Ah, o benim nail olamadığım vücut kara toprağın bağrına girsin!.. Ah, ah! Ne yapayım, nasıl hareket edeyim?.. Talat'ım, gel seni bir daha göreyim. Hele bir daha görüşelim de Allah kerim. Kız kılığına gir, yine Ragıbe Hanım kıyafetiyle gel. Lakin heyhat! Sen hastasın, çıkamıyorsun. Ah, inşallah iyileşmişsindir, inşallah yarın öbür gün gelirsin. Bekliyorum, bekliyorum. Ben seni bekliyorum, ecel beni bekliyor!

Fitnat

Fitnat gözyaşı dökerek yazdığı bu mektubu bir zarfa sarar, cebine koyar. Ertesi gün Şerife Kadın da gelir. Fitnat Hanım, Şerife Kadın'a mektubu verip:

— Eğer Ragıbe Hanım beni sormak için evinize adam gönderirse, rica ederim bu mektubu kendisine gönderiniz, der.

Fitnat'ın Muskası

Mektubun yazıldığı günden beri üç gün geçmesine rağmen Fitnat Hanım Ragıbe Hanım'dan, yani Talat Bey'den, hiçbir haber alamamış ve epeyce endişelenmişti. Odasının bir köşesinde oturmuş, "Niçin gelmedi? Ne oldu? Mektubu mu alamadı? Yoksa daha kalkamıyor mu? Ah zavallı çocuk, hastadır!" diye düşünüyordu. Ali Bey ise kendi odasında gezinerek düşünüyor ve bir çare arıyordu. Bir hayli düşündükten sonra, "Aman, ben de nasıl şaşırdım. Ne kadar soğuk duruyorum! Ne kadar korkuyorum. Ben kendimi cesur bilirdim, bilmem bana bu korkaklık nereden geldi? Önüne çıktığımda titremeye başlıyorum, yüzüne baktığımda kendimi kaybediyorum. Bu hal ne zamana kadar sürecek? Onun sayıklamalarına mana vermem, böyle şeylere kulak asmam doğru mu? Gidip bir kere ayaklarına kapanayım, kandırırsam ne âlâ! Olmadı, hiç olmazsa sebebini anlarım. Hem de... Ah, on gündür beraberiz, daha sesini duymadım..." diyerek kendine epey cesaret verir. Fitnat'ın odasına gider. Kapıyı açtığı gibi doğruca gider Fitnat'ın dizlerine kapanır ve gözyaşları dökülerek, sesi titreyerek:

— Ah, bu bana verdiğin azap nedir? Artık çekemem! Ben sana ne yaptım? On günden beri döktüğüm gözyaşı, çektiğim ahlar, inlemeler gönlüne hiçbir tesir etmedi. Elmas gibi bir vücudun içinde taş gibi bir yüreğin bulunmasına kim inanabilirdi! Bir defa yüzüme bakmadın. Bir söz söylemedin. İnsaf! İnsaf! Ben seni bu kadar seviyorum, senin aşkından deli divane oluyorum da sen benden nefret ediyorsun. Yüzüme bakmaya tenezzül etmiyorsun. Niçin? Bir kabahatim varsa söyle düzeltmeye çalışayım. Benden ürküyorsun, işte, titriyorsun. Ah, bu ne insafsızlık! Ah ben çıldıracağım, öleceğim! Senden bir söz, yalnız bir söz isterim: Beni seviyor musun, sevmiyor musun? Eğer sev... ah eğer sev... miyor... san... niçin sev... miyor... sun? Hiç olmazsa sebebini bileyim de ona göre...

— Niçin... sevmeye... sevmeyeyim? Senin beni sevdiğin kadar ben de seni o kadar... ve belki daha çok seviyorum... Sizin böyle rahatsız olmanıza yüreğim bin parça oluyor. Döktüğünüz gözyaşlarının her bir tanesi yüreğime bir kurşundur. Ben de sizi seviyo... rum... Allah biliyor, sevi... yorum... Ama... ama...

— Ama?..

— Seviyorum... Lakin...

— Lakin ne?

— Hiç işte, seviyorum.

— Seviyorsun... Seviyorsun... Bu nasıl sevmek? Ah beni seviyorsun! Nasıl seviyorsun? Sevme alametleri nerede? Ben kapıdan girince sen felç geçirecek gibi olursun. Ben sana bir söz söylerim, sen cevap vermezsin! Yüzüne bakarım, ürkersin! Bir defa yüzüme bakmadın! Bana bir söz söylemedin!

Ben odanda durdukça sen ağlamaktan başını kaldıramazsın! Sürekli içini çekiyorsun. Sevgi alametleri bunlar mı? Sevmek böyle mi olur?

— Efendim, seviyorum. Gönlüm şahittir ki sizi seviyorum. Ama... ama... babam gibi... ağabeyim gibi seviyorum. Lakin gönlümü size veremem. Gönlüm elimde değil. Gönlümü baş... ka... sına... vermişim. Onun için ağlıyorum...

Fitnat bu sözleri söylerken yüzü, vücudu ter içinde kalır. Boğazı tıkanır. Yüzünü elleriyle kapayarak hüngür hüngür ağlamaya başlar. Ali Bey, Fitnat'ın yanına oturarak:

— Elmasım, gel vazgeç bu sevdadan. Unut onu da beni sev! Baban gibi sevme! Ben sana âşığım. Ayrılırsak ben kederimden öleceğim! Mahvolacağım. Gel bana merhamet eyle, diyerek elini Fitnat'ın göğsüne koyar, kucaklamak ister.

Fitnat, göğsünde Ali Bey'in elini hissettiği anda ürker, birdenbire fırlar. Odanın bir köşesine gidip ayakta durur. Vücudu tiril tiril titrer.

Fitnat kendini Ali Bey'in ellerinden kurtarırken boynunda asılı olan kaytan kopar, Ali Bey'in elinde kalır. Ali Bey, Fitnat'ın öyle ürkerek elinden kaçtığını görünce, şaşırıp donar kalır. Bir müddet sonra daha fazla üzerine varmanın abes olduğunu düşünerek ve bayağı üzülerek kalkar odasına gider. Fitnat'ın odasından çıktığı anda arkasından kapının kilitlendiğini işitir. Bu husus kendisine daha çok dokunur:

— Ah! İşte, kapıyı kilitledi tekrar gitmeyeyim diye... Ah, bu kız bana karı olamayacak! Boşuna ümitlerim. Başkasını seviyormuş! Acaba kimi? Sayıkladığı Talat'ı, onu seviyor olmalı. Ben iyi tahmin ettim... diyerek odasında oturup düşünür ve ağlar.

Facia

Fitnat'ın boynundan kopup Ali Bey'in elinde kalan kaytan hâlâ Ali Bey'in elinde duruyordu. Çünkü insanın aklı başında olmadığında bir şey elindeyse bırakmayı yahut bir tarafa atmayı düşünemez. Ne haldeyse o halde kalır. Ali Bey kendi odasında düşünüp ağlarken kaytan elinde duruyordu. Biraz sonra tespih gibi elinde gezdirmeye başladı. Meğer bu kaytan bir muska kaytanıymış. Kaytanın bir köşesinde de muska asılı duruyordu. Bu muska Ali Bey'in eline dokununca dikkatini çeker, "Ah muskaymış! Ah bu muska... Benim bir buse almaya muvaffak olamadığım ve olamayacağım göğüste kim bilir ne kadar zaman durmuş! Ah, bu muska kadar bahtım olaydı" diyerek muskayı öper koklar.

Biraz sonra, bu muskayı açıp okuma merakı uyandı içinde. İnsan bazen böyle manasız şeyler de merak eder ya! İşte buna da böyle manasız bir merak diyeceğiz. Çünkü muskanın içini görmeyi niçin merak etsin? Muskanın içinde manasız birkaç rakam, birkaç harften başka ne olabilir?.. Evet, bu merak manasız bir şeydi, fakat beyhude çıkmadı. Çünkü bu muska öyle rakamla dolu değildi. Bu muska başka türlü yazılmıştı. Belki hatırlarsınız, Emine Kadın bir defasında Şerife Kadın'a, "Kızın bir muskası var ki adeta bir tılsım! Bu muska anasının yadigârıdır ve anası, kızı on sekiz yaşına bastığında o muskayı açıp kendisinin okumasını vasiyet etmiş" demişti. İşte bu muska, o muskaydı. Bu muskanın ehemmiyeti buradan bir dereceye kadar anlaşılabilir.

Her nasılsa, Ali Bey muskayı açmaya meraklandı demiştik. Kalemtıraşı[1] alır, muskanın sarılı olduğu çuhayı keser, muskayı çıkarır. Açıp bakar ki ne görsün! Muska, muska değil, adeta bir mektup. Ali Bey yazıya göz attığı anda bir sarılık yüzünü kaplar, titremeye başlar. Velhasıl öyle bir halde muskayı okumaya başlar. İşte muskanın sureti:

Kızım Fitnat!

Ah zavallı kızcağızım, ne kara bahtın varmış! Ne siyah talihin varmış! Biçare çocukcağız! Hâlâ bir şeyden haberin yok, hâlâ dünyayı bilmezsin. Ah zavallı! Bu yaşta babadan anadan mah-

---

1 Eskiden kullanılan kalemtıraşlar, kamış kalemleri açmak için uzun saplı, 15-20 santim boyunda, küçük bıçak şeklindeydi.

rum kalıyorsun. Ben kendimden ümidi kestim. Tabipler belki iki ay evvel benden ümidi kesmişler. Benim daha yaşamam imkânsızdır. İşte ölüyorum... Ölüyorum da seni öksüz bırakıyorum. Seni yetim bırakıyorum. Artık "anne" demeyeceksin. Ana şefkatinden mahrum kalacaksın. Ah zavallı ben! Dünyanın hiçbir şeyine yanmam, yalnız sana... Ah mini mini kızcağızım! O mini mini ağzınla bana "anne" dediğin zaman gönlüm nasıl ferahlanır... Ah zalim ecel, beni gözümün nuru kızımdan ayıracaksın! Fitnat'ım, sen şimdi beni iyi tanımazsın. Birkaç gün sonra bütün bütün unutacaksın! "Anne" lafını bir daha ağzına almayacaksın! Lakin bir gün gelecek, ananı babanı soracaksın. Sana benden bahsedecekler. Belki de o vakit benim için bir iki gözyaşı dökersin. Lakin babandan?.. Babandan sana kim haber verecek? Babanı benden başka kimse bilmez. Ev halkı babanı ölmüş bilir. Sana da öyle söyleyecekler. Lakin öyle değil. Baban ölmedi, hâlâ yaşıyor. Ama baban seni hiç bilmez. Eğer ben şimdi babanı açıkça söylersem ben öldükten sonra seni burada tutmazlar, babana gönderirler. Baban da bir kızı olduğunu bilmiyor. İnanamayacak. Seni muhtemelen kabul etmeyecek. O zaman sana maazallah "haramzade"[1] diyecekler. Kimse kabul etmeyecek, sokaklarda kalacaksın. İşte bu sebepten babanın kim olduğunu kimseye söylemiyorum. Yalnız yazıyorum ve bu mektubu bir muska şekline koyarak boynuna asıyorum. Ve Emine Kadın'a on sekiz yaşına bastığında bu muskayı açıp sana okutmalarını tembihledim. İşte o zaman babanı öğreneceksin. O zaman baban daha hayattaysa haber yollayabilirsin. Kendisiyle görüşebilirsin. İşte sana söylüyorum: Ben ilk defa Üsküdar'da evlendim. Kocam beni çok severdi. Ben de onu seviyordum. Bir sene beraber yaşadık. Sonra bilmem bir münafık hakkımda iftira atarak kötü bir şey mi söyledi, nasıl oldu, beni boşadı. Meğer ben hamileymişim. Onun haberi yoktu. Evime geldim. Durmadan ağlıyordum. Birkaç ay sonra sen dünyaya geldin. Birkaç ay daha geçti, tekrar evlendim. Şimdiki kocamı aldım. Lakin evlendikten sonra merhum anamdan bir şey işittim ki bana çok dokundu ve belki vefatıma sebep oldu. İlk kocam beni boşadıktan bir hafta sonra pişman olmuş, beni tekrar istemiş.

---

1 Nikâhsız bir anne babadan olma çocuk.

Fakat anam inadından bu teklifi kabul etmeyip bana haber vermeksizin ret cevabı vermiş. Bunu işittiğimde çok kederlendim, çok ağladım. Sağlığım günden güne gerilemeye yüz tuttu. Her tarafımda sancılar peyda oldu. Yatağa yattım. İşte iki aydır mezarın başlangıcı olan yatakta yatıyorum. İşte kızım, babanı öğrendin. İsmi Ali Bey'dir. Evi Üsküdar'da Toptaşı'ndadır. Evinin numarası ...'dır. Ara bul. Allaha ısmarlarım kızcağızım. Cenabıhak seni her beladan korusun. Âmin.

Şefkatli Annen Zekiye

Ali Bey bu muskayı okurken yüzünde, vücudunda bir damla kan kalmamıştı. Elleri tiril tiril titriyordu. Lakin bitirinceye kadar gayret etti, kendini zorla tuttu. Bitirdiği anda henüz gözleri imzadayken kâğıt elinden düştü. Ali Bey cansız gibi kanepenin üzerinde bayıldı. On dakika kadar baygın kaldı. Sonra kendine geldi. Evvela nerede olduğunu, ne halde bulunduğunu fark edemedi. Sonra gözleri, ayakları önünde duran kâğıda iliştiğinde işin ne olduğunu anladı. Elleri ayakları titreyerek kâğıdı alıp kalktı. Kâğıt elinde Fitnat'ın kapısına gitti. Baktı kapı kapalı, odanın içerisinden bir inleyiş işitiliyor.

— Fitnat'ım! Kızım! Kapıyı aç! Baban geliyor! Baban geliyor! Babanla görüşeceksin! Kocalığa kabul etmediğin bu biçareyi şimdi babalığa kabul et! Ben sahiden babanmışım! Hakkın varmış beni baban gibi sevmekte! Aç kızım, aç! Çabuk!

Ali Bey böyle söyleyerek kapının arkasında bekliyordu. Lakin on dakika geçti, kapı açılmadı. İçeriden cevap da yok. Yalnız derin derin bir inleyiş geliyor. Ali Bey'in sabrı kalmaz. Her ne kadar vücudunda hiç takat kalmamıştıysa da kapıya dayandığı gibi menteşeler kırılıp kapı açılır.

Ali Bey deliye dönmüş bir hal ve hareketle içeri girer. Bir de bakar ki ne görsün?.. Heyhat! Fitnat odanın ortasında yatmış, vücudu al kan içinde kalmış, gözlerini tavana dikmiş inliyor. Göğsü açık. Midesinin üzerine ufak bir çakı saplanmış, yalnız sapı görünüyor. Ah zavallı kız! Yarım saat önce Ali Bey'le aralarında cereyan eden olaydan sonra, Ali Bey kalkıp odasından çıktığı anda Fitnat kapıyı kilitledi demiştik. İşte kapıyı kilitlemesinin sebebi buydu. Zavallı canından bıkmış, canından ümidi kesmişti. Talat'a mektup göndereli üç gün olmuştu. Ne Talat geldi, ne bir cevap gönderdi. Fitnat ümidini yitirmişti. Hele o olaydan sonra ümitsizliği bin kat artmıştı. Daha fazla yaşamak istemiyordu. Kapıyı kilitlediği gibi cebinde bulunan ufak bir çakıyı çıkarıp göğsünü açmış, tam midesinin üzerine saplamış ve yere serilmişti. İşte Ali Bey gelinceye kadar öyle yatmış, inliyordu.

Ali Bey bu hali gördüğü anda sesi çıktığı kadar bağırır ve bayılıp Fitnat'ın yanına düşer. Karılar, halayıklar kapının gürültüsünü ve Ali Bey'in bağırtısını işitir işitmez odaya koşarlar. Bakarlar ki odanın ortasında iki kişi yatıyor! Biri gözlerini tavana dikmiş ve kan içinde kalmış, inliyor! Öbürü ölü gibi yatmış, üstünde hiç hayat eseri yok! Halayıklar içinde bir velveledir koptu. Kimi ağlıyor, kimi bağırıyor, kimi koşuyor, kimi dövünüyor... Kâhya kadın, Ali Bey'in bayıldığını anlayarak soğuk su alıp yüzüne serpti. Ali Bey'i kendine getirdi. Ali Bey kendine gelince:

— Ah Fitnat'ım! Kızım! Ne yaptın? Kendine mi kıydın? Ben senin baban... senin babanmışım da ne senin ne benim haberim varmış! Boynundaki muska, muska değilmiş, ananın vasiyetnamesiymiş. Senin anan... Ah, zavallı Zekiye!.. Benim karımdı. Ben boşamıştım. Ben böyle bir kabahat, böyle bir günah işlemiştim. İşte sen benim kızımsın! Lakin heyhat! Ah, keşke bu muska iki saat evvel elime düşmüş olaydı! Keşke yarım saat daha kendine kıymayaydın! Lakin inşallah iyi olursun kızım... İnşallah! Ah seni bir gün sağ görsem... Ben sana "Kızım" desem, sen bana "Babam" desen... Sevdiğin Talat'la evlendirsem... Kendimi evlatsız zannederken iki evlat... hem de böyle evlat babası olsam. Ah, onun için Zekiye'me benziyorsun!.. Zekiye'min kızıymışsın... Ah, ah bilseydim!...

Ali Bey böyle diyerek Fitnat'ın başucunda oturmuş, ağlayıp sızlıyordu... Fitnat gözlerini açmış şefkatle Ali Bey'in yüzüne bakıyordu. Gayet zayıf ve kesik bir sesle:

— Sen babammışsın! Ah, keşke bilseydim! Ama babacığım üzülme, benim kaderim böyleymiş. Sen de farz et ki gerçekten kızın yokmuş. Yalnız sizden bir ricam var. Babam olduğunuz için bana bir iyilik yapınız. Talat'ımı bulun, kendisine teselli verin, kendine kıymaktan men eyleyin. Kader seni bana baba, beni sana kızın olarak tanıtmak istemedi! Şimdi birbirimizi tanıdık, fakat heyhat! Bana sizden babalık hakkının geçmesi için sadece son nefesimde bana şu iyiliği yapın. Şu vasiyetimi yerine getirin...

— Ben senin vasiyetini yerine getireyim... Ben ananı mezara koyduğum gibi seni de daha gençliğine doymamışken... seni de mezara koyayım da ben de yaşayayım!.. Ah, benim daha yaşayacağına ümidim var. İnşallah iyi olursun diye sabrediyorum. Yoksa şimdi kendimi öldürürdüm!

Ali Bey bunları söylerken kapıdan bir kız giriverir. Bu kız halayıklardan değildi. Bu kız daha önce o evde görülmemişti. Gayet güzel bir kız. Fakat o anda yüzü sapsarı, dudakları bembeyaz olmuş, nefesi tıkanmıştı. Kapıdan girdiği gibi gözlerini odanın içinde dolaştırır. Sonra gözlerini Fitnat'ın yüzüne dikip aceleyle ona doğru yürür. Fitnat gözlerini çevirip bu kızı gördüğünde yüzünde bir sarılık, vücudunda bir titreme peyda olarak "Talat!.. Talat!.." diye iki kere seslenir. Ali Bey bu "Talat" ismini işitince gözlerini açıp gelen kıza dikkat ve şaşkınlıkla bakmaya başlar. Talat ise... Zavallı Talat! Çünkü bu kız kıyafetiyle gelen Talat'tı! Evet, biçare Talat'tı ki henüz humma üzerinden defolmamış ve kalkmaya hiç takati yokken Fitnat'ın mektubunu aldığı gibi cananını canına tercih ederek anasının ve dadısının karşı çıkmasına rağmen kalkıp giyinmiş ve Şehzadebaşı'na gidip tebdil-i kıyafet etmişti. Sonra ta Üsküdar'a kadar gitmiş, Ali Bey'in evini bulup içeri girmiş ve halayıklardan Fitnat'ın biraz keyifsiz olduğunu öğrenerek derhal odaya girmişti. Zavallı Talat! Fitnat'ın ağzında kendi ismini işittiği anda sanki ismini söyleyen o güzel dudaklara teşekkür olarak bir buse vermek için Fitnat'a doğru yürür. Lakin heyhat! Fitnat'ı al kan içinde gördüğü anda kendini kaybederek yere düşer. Talat'ın bu hali Fitnat'a fazlasıyla dokunur, bir o kadar daha fenalaşır. Halayıklar koşarlar, Talat'ı kaldırıp kendine getirirler. Fitnat, gözlerini Talat'ın yüzüne dikmiş, Talat'ın kendine geldiğini görünce gayet zayıf ve titrek bir sesle "Talat'ım!.." der. Talat gözyaşı dökerek, içini çekerek Fitnat'ın yanı başında oturup:

— Fitnat'ım, ne yaptın! Ne oldu? Ah!.. diyerek Fitnat'ın elini tutar.

Fitnat'ın elinin buz gibi soğuk olduğunu hissettiği anda vücuduna müthiş bir titreme gelir. Fitnat'ın yüzüne bakar, gözlerinde hiç ışık olmadığını görür. Gözleri üzerine bir ölüm perdesi çekilmiş.

— Fitnat'ım! diye bağırır.

Birden Fitnat'ın gözlerinden birer damla yaş akar. Ağzını açıp, dilini hareket ettirip bir şey söylemek ister. Fakat heyhat! Kendi bedeni üstünde hiçbir hâkimiyeti kalmamış. Çabalar, çabalar... Bir şey söyleyemez. Bir iki kez daha seyrek seyrek nefes alır. Sonunda nefesi de tükenir. Ah, görmeliydiniz o güzel yanakları, kırmızı renklerini atıp da ne kadar güzel bir sarı renk aldılar. Sanki bu değişim güzelliğini daha çok artırdı, kendisine daha çok yakıştı! Heyhat!.. Hani ya Fitnat'ın o güzel yüzü, o nazik vücudu, o nazenin bedeni... Odanın ortasında yayılmış, al kan içinde kalmış. Gözleri donmuş, görmez! Dili kurumuş, söylemez! Ne kadar seslensen işitmez! Heyhat! Bir cansız hükmüne girmişti! O akıl, o zekâ, o zihin, o letafet, o merhamet, o şefkat, o aşk, o muhabbet ne oldu? Nereye gittiler? Nereye uçtular? O kadar duygunun sahibi olan Fitnat'ın yüreği, nasıl oldu da bütün bu hislerden uzaklaştı? O his ne oldu?..

Fitnat'ın nefesi tükenince bir vaveyla, bir çığlık kopar. Halayıklardan kimi ağlar, kimi bağırır, kimi başına vurur, kimi saçlarını koparır... Bir iki ihtiyar kadın Fitnat'ın cenazesine yanaşmış, biri gözlerini kapatır, diğeri çenesini bağlıyordu. Talat ise Fitnat'ın son nefesine dek gözlerini yüzüne dikmiş, öylece donmuş kalmış ve Fitnat'ın tamamen ruhsuz kaldığını görünce hemen bayılıp düşmüştü. Herkes Fitnat'ın cenazesiyle meşguldü. Kimse Talat'a dikkat etmiyor ve belki de kimse görmüyordu. Biraz sonra kızın biri Talat'a yanaşıp kaldırmak istedi. Kaldırmaya çabalarken birdenbire avazı çıktığı kadar, "O ne? Ölmüş! Ölmüş!" Kadınlar Fitnat'ın cenazesini bırakıp Talat'a koşarlar. Kimi nabzını tutar, kimi yüreğine el koyar, kimi elini ayağını tutar. Her biri ağlayarak, titreyerek "Ölmüş! Ölmüş!" diye bağırır. Fitnat'a bakmak için hekime haber yollamışlardı. O sırada hekim gelir. Zavallı Fitnat'a bakmaya gerek kalmamıştı artık. Hekimi Talat'a götürürler. Hekim nabzını falan iyice yokladıktan sonra "Gitmiş, gitmiş!.. Ümit yok bunda!" der.

İşte Talat da her histen azade... Ölü gibi yatmış! Ah zavallı çocuk, henüz hummadan şifa bulmamıştı. Elleri, ayakları değnek gibi olmuş, benzinde bir dirhem kan kalmamıştı. Gözleri çukur içine girmişti. Bununla beraber yine güzel... Ve belki her zamankinden daha güzel... O takma saçlarını, yemenisini filanını çıkardılar. Doğal kıyafeti olan erkek kıyafetinde kaldı.

Ali Bey ise sevinerek, gülerek bir kapıdan çıkar, bir kapıya girer ve halayıklara çıkışarak:

— Ne ağlıyorsunuz? Ne ağlıyorsunuz? Niye gülmüyorsunuz? Niye türkü söylemiyorsunuz? Bilmez misiniz ki düğünümüz var... Bilmez misiniz ki Fitnat benim kızımdır... Evet, evet, benim kızımdır. İşte Zekiye yazıyor... Zekiye kendisi yazıyor... Fitnat benim kızımdır. Ah! Benim bir tanecik kızım var, bir Fitnat'ım var. Kızımın bir sevdiği var, Talat. Talat... O da benim damadım olacak, benim oğlum olacak, kızımı ona veriyorum. Oh! Oh! İki evlat babası oldum. Benden bahtlı dünyada kim var? Böyle bir kızın babasıyım. Böyle bir oğlanın kayınpederiyim! Oh! Oh!

İşte zavallı Ali Bey de çıldırır! Hem ne kadar çıldırır! Tarife ne hacet! Sözlerinden anlaşılır. Zavallı böyle diyerek gidip cenazeleri öpüyor, yorganlarını kaldırıyordu. Ayağa kaldırmak istiyordu. Zorla çektiler.

— Beni evlatlarımdan ayırmayın! Evlatlarımı seviyorum. Öpeceğim... diyerek tekrar yanlarına gidiyordu.

Ertesi gün o iki biçareyi defnetmeye götürürler. Ali Bey başı açık, yalınayak cemaatin arkasından koşarak:

— Çocuklarımı nereye götürüyorsunuz? Evimde bırakın! Onlar benim artık. Biri kızım, biri damadım. Siz niye karışıyorsunuz? diyerek cemaati taşla kovalıyordu.

Nihayet kendi adamları zapt edip evine götürürler, bir odaya hapsederler. Ertesi gün odasını açık bırakırlar. Çıktığı gibi doğru kabristana gidip cenazeleri çıkarmak için mezarları kazmaya başlar. Ardından yetişir, kollarını bağlarlar, evine götürürler. Bir odaya kapar, gece gündüz çıkarmazlar. Cinneti günden güne artar. Altı ay kadar böyle halkı rahatsız ederek ve kendisi de adamlarından yahut kaderinden cefa görerek... Velhasıl acınacak bir şekilde yaşadıktan sonra zavallıyı bir sabah ölü bulurlar.

*

Saliha Hanım ve Emine Kadın ile Hacı Baba ve Ayşe Kadın'ın bu olayı işittikleri zaman ne hale geldiklerini ve Saliha Hanım'ın ağlaya ağlaya iki gözünden kör kaldığını ve Emine Kadın'ın bu acıya dayanamayıp bir hafta içinde üzüntüden vefat ettiğini uzun uzun anlatsak gönüller dayanamaz sanırım... Hem bu kitabın adı "Musibetname"[1] değil ki.

Son

Uyarı: Bu kitapta Türkçe asıllı kelimeler, bilinen imlalarına çok uyulmayarak daha çok söylenişlerine göre ve bazı Arapça kelimeler de kasten konuşanın ağzından çıktığı gibi yazılmıştır.[2]

1 Belalar, felaketler kitabı.

2 Orijinal metinde yer almaktadır.

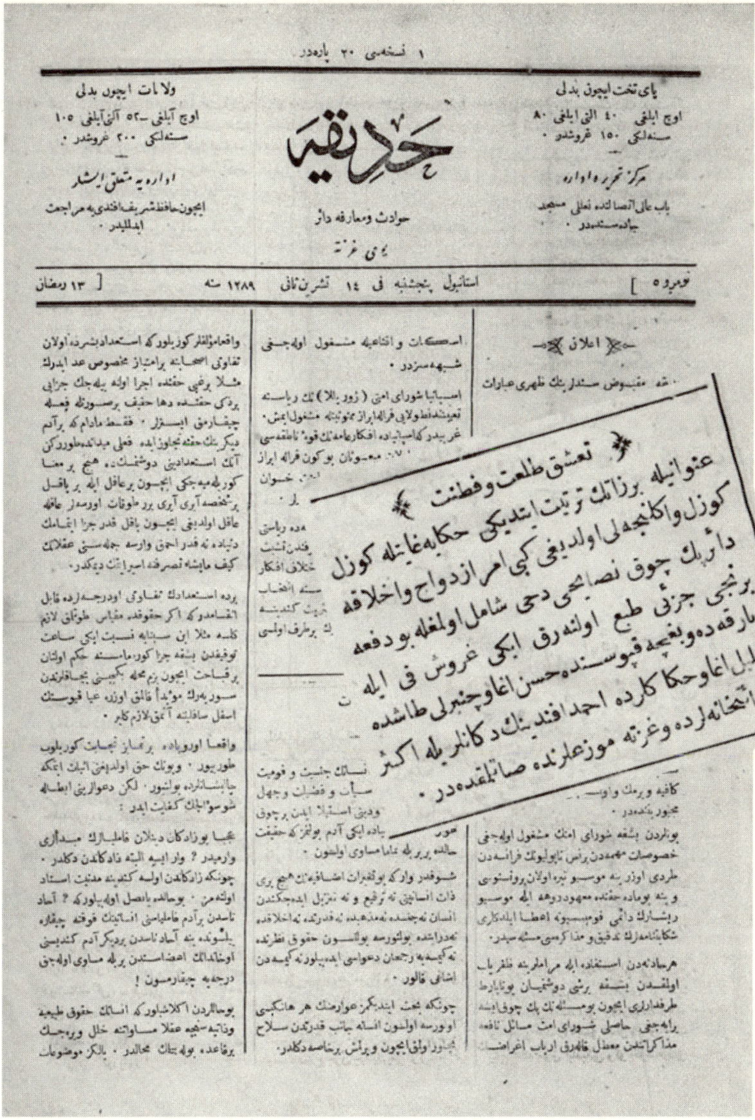

۱ نسخه‌سی ۲۰ پاره‌در

حدیقه

حوادث و معارفه دائر
یومی غزته

پای تخت ایچون بدلی
اوچ ایلغی ۴۰ آلتی ایلغی ۸۰
سنه‌لکی ۱۵۰ غروشدر .

ولایات ایچون بدلی
اوچ آیلغی ۵۲ آلتی آیلغی ۱۰۵
سنه‌لکی ۲۰۰ غروشدر .

نومرو ۵] استانبول پنجشنبه فی ۱۴ تشرین ثانی ۱۲۸۹ سنه [۱۳ رمضان

اعلان

تعشق طلعت و فطنت

عنوانیله بر ذاتك ترتیب ایتدیکی حکایه غایتله کوزل و اکلنجه‌لی اولدیغی کبی امر ازدواج و اخلاقه دائر پك چوق نصایحی دخی شامل اولمغله بو دفعه برنجی جزئی طبع اولنه‌رق ایکی غروش فی ایله بارقه‌ده و بغچه‌قپوسنده حسن اغا و چنبرلی طاشده جلیل اغا و حکاکلرده احمد افندینك دکانلریله اکثر قرائتخانه‌لرده و غزته موزعلرنده صاتلمقده‌در .

Taaşşuk-ı Talat ve Fitnat'ın ilk cüzünün yayımlandığı ilanının yer aldığı *Hadika* sayısı. İlanda, "*Taaşşuk-ı Talat ve Fitnat* unvanıyla bir zatın tertip ettiği [düzenlediği] hikâye gayetle güzel ve eğlenceli olduğu gibi emr-i izdivaç [evlilik] ve ahlaka dair pek çok nesaihi [öğütleri] dahi şamil olmakla [kapsamakla] bu defa birinci cüzü tab' olunarak [basılarak] iki kuruş fi ile barakada ve Bahçekapı'da Hasan Ağa Çemberlitaş'ta Celil Ağa ve Hakkâklar'da Ahmet Efendi'nin dükkânlarıyla ekser kıraathanelerde ve gazete müvezzilerinde [satıcılarında] satılmaktadır," yazılmıştır. (*Hadika*, İstanbul, 14 Kasım 1872, S.5, s. 4. / Görsel: Atatürk Kitaplığı Arşivi)

(چهارشنبه) ٨ ربیع الآخر ١٢٩٠ – ٢٣ مایس (٤ حزیران) ١٨٧٣ (عدد ١٤)

حدیقه

یومی غزته

اداره خانه و مطبعه سی باب عالی جاده سنده در

اعلان سطرندن اوچ دفعه یه قدر اولور ایسه ایكی غروش وزیاده اولور ایسه آلتمش پاره وكتاب اعلانندن قرق پاره آلنور .

	استانبول	ولایات
سنه لكی	١٢٠ غرش	١٥٠ غرش
آلتی آیلغی	٦٥	٨٠
اوچ آیلغی	٣٥	٤٣

بر نسخه سی ٣٠ پاره در

تعشق طلعت و فطنت

اشبو حكایهٔ لطیفه بو دفعه طقوزنجی جزؤیده تكمیل اولنوب سكز جزؤی ایكیشر وطقوزنجیسی بر و جمله سی بر جلدده اولەرق اون بش غروشه باب عالی جاده سنده «مطبوعات عثمانیه» دكانیله كوپری باشنده غزته باراقه سنده و بغچه قپوسنده تنباكوجی حسن اغانك دكاننده و سائر محللرده صاتلمقده در .

Taaşşuk-ı Talat ve Fitnat hakkındaki son ilanın yer aldığı *Hadika* sayısı. İlanda eserin tamamlanıp tek ciltte toplandığı anlaşılıyor: "*Taaşşuk-ı Talat ve Fitnat*: İşbu hikâye-i latife [güzel hikâye] bu defa dokuzuncu cüzü de tekmil olunup [tamamlanıp] sekiz cüzü ikişer ve dokuzuncusu bir ve cümlesi bir ciltte olarak on beş kuruşa Bâbıâli Caddesi'nde Matbuat-ı Osmaniye dükkânıyla Köprübaşı'nda gazete barakasında ve Bahçekapı'da Tömbekçi [Tütüncü] Hasan Ağa'nın dükkânında ve sair mahallerde satılmaktadır." (*Hadika*, İstanbul, 4 Haziran 1873, s. 4. / Görsel: Milli Kütüphane Arşivi)

TÜRK EDEBİYATI KLASİKLERİ DİZİSİ

1. KUYRUKLUYILDIZ ALTINDA BİR İZDİVAÇ
Hüseyin Rahmi Gürpınar

2. MÜREBBİYE
Hüseyin Rahmi Gürpınar

3. EFSUNCU BABA
Hüseyin Rahmi Gürpınar

4. İNTİBAH
Namık Kemal

5. ŞAİR EVLENMESİ
Şinasi

6. VATAN YAHUT SİLİSTRE
Namık Kemal

7. KÜÇÜK ŞEYLER
Samipaşazade Sezai

8. FELÂTUN BEY İLE RÂKIM EFENDİ
Ahmet Mithat Efendi

9. TAAŞŞUK-I TALAT VE FİTNAT -TALAT VE FİTNAT'IN AŞKI-
Şemsettin Sami

10. MAİ VE SİYAH
Halit Ziya Uşaklıgil

11. REFET
Fatma Aliye

12. TURFANDA MI YOKSA TURFA MI?
Mizancı Murat

13. ÖMER'İN ÇOCUKLUĞU
Muallim Naci

14. DOLAPTAN TEMAŞA
Ahmet Mithat Efendi

15. GULYABANİ
Hüseyin Rahmi Gürpınar

16. SALON KÖŞELERİNDE
Safveti Ziya

17. FALAKA
Ahmet Rasim

18. A'MÂK-I HAYAL -HAYALİN DERİNLİKLERİ-
Filibeli Ahmet Hilmi

19. ŞEYTANKAYA TILSIMI
Ahmet Mithat Efendi

20. ÇİNGENE
Ahmet Mithat Efendi

21. SERGÜZEŞT
Samipaşazade Sezai

22. ZEHRA
Nabizade Nâzım

23. GENÇ KIZ KALBİ
Mehmet Rauf

24. BİZE GÖRE -VE BİR SEYAHATİN NOTLARI-
Ahmet Haşim

25. SEYAHAT JURNALİ
Âli Bey

26. GÖNÜL BİR YEL DEĞİRMENİDİR SEVDA ÖĞÜTÜR
Hüseyin Rahmi Gürpınar

27. HAZAN BÜLBÜLÜ
Hüseyin Rahmi Gürpınar

28. AŞK-I MEMNU
Halit Ziya Uşaklıgil

29. KÜRK MANTOLU MADONNA
Sabahattin Ali

30. LEVAYİH-İ HAYAT -HAYATTAN SAHNELER-
Fatma Aliye

31. İÇİMİZDEKİ ŞEYTAN
Sabahattin Ali

32. KUYUCAKLI YUSUF
Sabahattin Ali

33. HENÜZ 17 YAŞINDA
Ahmet Mithat Efendi